師匠に借金を押し付けられた俺、美人令嬢たちと魔術学園で無双します。

I, Forced into Debt by My Master, Will Conquer the Magic Academy with Beautiful Ladies

雨音恵
ILLUST
夕薙
MEGUMI AMANE
YUNAGI

gic Academy

Contents

I, Forced into Debt by
My Master, Will Conquer the Magic Academy
with Beautiful Ladies

I, Forced in
Will Conqu

師匠に借金を押し付けられた俺、美人令嬢たちと魔術学園で無双します。

雨音 恵

ファンタジア文庫

3260

口絵・本文イラスト　夕薙

師匠に借金を押し付けられた俺、

美人令嬢たちと魔術学園で

無双します。

I, Forced into Debt by My Master, Will Conquer the Magic Academy
with Beautiful Ladies

KINGDOM OF RASBATE

第1話　師匠が残した借金のせいで人生詰んだ、はずだった

日が傾き出した夕暮れ時。喧騒《けんそう》と静寂が混在する街中を俺——ルクス・ルーラーはどうしてこうなったと心の中で叫びながら全速力で翔《か》けていた。

「逃げるなぁ——！　ヴァンベール・ルーラーの借金から逃げるなぁ！」

背後から聞こえてくる殺気の籠もった理不尽な怒声。それと同時に命を抉《えぐ》り取《と》る風の弾丸が飛んでくる。振り向きざまに腰に挿した剣を抜き放ってそれら全てを払いのけ、俺は諦めて追手達と相対する。気が付けば行き止まりだったから仕方なくなのだが。

「こんな街中で魔術を使うなんて……さてはあんた達、常識ないな？　というか俺を殺す気だったよな⁉」

「うるせぇ！　ガキのくせに大人に常識を問うんじゃねぇよ。というか常識云々《うんぬん》を問うならお前の師匠が一番の非常識人だろうが！」

追手のリーダーと思《おぼ》しき男が吐き捨てるように言うが、その件については俺も大いに賛成だ。

なにせ安宿で一息ついていたら突然四人の手練《てだ》れの魔術師達に襲撃されて鬼ごっこをする羽目になった。その理由は他でもない、俺の師匠がいつの間にか拵《こしら》えていた多額の借金のせいだ。

俺の師匠ことヴァンベール・ルーラーは俺の育ての親であり剣と魔術の師匠でもある。

十六年前に発生した〝大災害〟で両親を失った俺にとって唯一の家族と呼べるこの人は、一週間前に何の前触れもなくある日忽然《こつぜん》と姿を消した。

そして俺の手元に残ったのは〝お前は俺みたいになるなよ〟と書かれた紙切れとお祝いでもらった一本の長剣——銘を【アンドラステ】という——と多額の借金。そして血《ち》反吐《へど》を吐くまで叩《たた》き込まれた魔術と剣技。

「いいか、少年。お前の師匠が借りた額は5000万ウォル。当然この額も問題だがそれ以上に問題なのは借りた相手だ。どこか知っているか？」

「知りたくありません」

「よりにもよってラスベート王国が四大貴族、ユレイナス家だ。この意味がわかるか？　わかるよな？」

「残念ですがこれっぽっちもわかりたくありません」

至極真面目な顔で俺が答えながら剣を正眼《せいがん》に構えると、男はやれやれとため息を大きく

吐きながら頭を掻《か》いて、

「ハァ……まぁお前が理解しようがしなかろうが、お前を捕まえろって言うお嬢の命令に変わりはない。悪いが大人しくしてくれや――風よ、弾丸となり敵を穿《うが》て《ヴェントス・バレット》！」

男は右手を突き出しながら術名を叫び、何もない空間から風弾を生み出す奇跡を引き起こす。そしてそれらは空気を切り裂きながら亜音速で俺の身体《からだ》を射貫《いぬ》かんと飛来して全て着弾。瞬間、土煙が舞う。

「――あんた達、もしかして本当の馬鹿か？　こんな街中でド派手に魔術を使ったりしたらどうなるか……少し考えればわかるはずだろう？」

鬱陶しい煙を手にした剣を振るって吹き飛ばしてから、俺は肩をすくめながら追手に文句を口にする。

「ほぉ……あの攻撃を全て防ぐとはやるじゃないか。さすがはお嬢が気にかけるだけのことはあるな。さて、次はどうしようか？」

「次も何もない。あんた達の相手をするほど俺は暇じゃないんですよ。なにせ多額の借金を残して消え失《き》せ《う》たクソッタレな師匠を捜さないといけないんでね」

「そうだな……そうだよなぁ！　でもクソッタレな師匠を捜したいならまずは俺達を倒さ

ないとなぁ！」

男は獰猛《どうもう》な笑みを口元に浮かべ、叫びながら腰から短剣を取り出して突貫して来る。その速度は目を見張るものがある。だが――

「――遅い！」

「っくぅ⁉」

俺は自ら一歩踏み込んで間合いを詰めて蹴撃を鳩尾《みぞおち》に叩き込む。予想だにしていない一撃に男の身体がくの字に曲がり、両足が地面から浮く。

「ハアッ！」

裂帛《れっぱく》の気合いを吐き出しながら追撃の回し蹴りを放って吹き飛ばす。わずか数秒の出来事に他の追手達は呆《ほう》けた顔で口をあんぐり開けている。

これで終わればいいがおそらく男は立ってくる。二発目は脇腹を捉えたがまるで岩を蹴ったような感触だった。

「おいこら、てめぇが持っている大そう立派な剣は飾りか⁉　剣を手にしているなら剣で戦えや！」

「あいにく、クソッタレな俺の師匠は手癖足癖が悪くてね。使えるものは何でも使えって頭と身体に叩き込まれたんですよ。こんな風にね――雷鳴よ、矢となり奔《はし》れ《トニトルス・アロウ》」

すぅと突き出した俺の左手の人差し指から闇を切り裂く一筋の紫電が迸《ほとばし》る。これを男は横に飛んで紙一重で回避して勢いそのままに再度突撃を仕掛けてくるが、今度はちゃんと剣で迎え撃つべく俺は腰を深く落として迎え撃つ。そこに、

「火炎よ、弾丸となり爆《は》ぜろ。《イグニス・バレット》！」

「風よ、弾丸となり敵を穿て《ヴェントス・バレット》！」

「大地よ、弾丸となり敵を穿て《アース・バレット》！」

地を這《は》うように駆ける男の背後から火、風、土の三種の弾丸が絶妙にタイミングをずらして飛んでくる。これでは回避するのも剣で弾《はじ》くのも難しい。かと言って魔術に気を取られれば接近するリーダーの男の短剣に心臓を獲《と》られて終わり。普通なら、な。

澄んだ夜空の剣を振るうこと三回。迫りくる火、風、土の弾丸を悉《ことごと》く斬り払い、心臓目掛けて伸びてくる短剣を受け止める。信じられないと言わんばかりに目を大きく見開いて驚愕《きょうがく》を顔に刻む追手達。

「隙だらけだぞ、致命的にな」

「――チッ‼」

もう一度鳩尾に前蹴りを叩きこもうとするが、舌打ちを鳴らしながらすんでのところで

飛《と》び退《の》かれて回避される。

「う、嘘《うそ》だろう……もしかして今あいつ、魔術を斬ったのか？」

「こんな芸当が出来る奴《やつ》なんてそれこそ――あぁっ⁉　もしかしてあの少年、噂《うわさ》の〝闘技場荒らし〟じゃないですか⁉」

不名誉極まりない二つ名で呼ばれて思わず俺は眉間にしわを寄せる。そんな俺の内心など知らずに追手達は話を続ける。

「あいつが巷《ちまた》で噂の、表も裏も関係なく【闘技場】に顔を出しては圧倒的な実力で賞金を掻っ攫《さら》っていく〝闘技場荒らし〟だっていうのか⁉」

「フンッ。あのガキがなんて呼ばれようと俺達の仕事には関係ない。違うか？」

リーダーの男は不敵な笑みを口元に浮かべながら肩をすくめておどけてみせる。

ちなみに【闘技場】というのは魔術師達が己の人生を賭《と》して修得した技を競い戦う場であり、手に汗握る攻防を純粋に楽しみながら同時に勝者を予想して金を賭けるある種の娯楽である。

ラスベート王国のみならず他国でも競技として認定されており、子供からお年寄りまで、魔術師であろうとなかろうと大人気の合法的な殺し合い《エンターテインメント》だ。

「言っておくけど、俺は好きで闘技場荒らしをしていたわけじゃないからな？　クソッタレな師匠に〝実戦でしか学べないことがある！〟って言われて仕方なく出ただけだからな？」

どちらかというと生活費を稼ぐためであったような気もするが。

「ハァ……そういうことなら今回も賞金稼いでさっさと借金返しやがれ馬鹿野郎！」

「そもそも俺の借金じゃないですけど……それよりこれからどうしますか？　まだ続けますか？」

「続けるさ、当然な。それがお嬢から与えられた俺達の仕事だ」

リーダーの言葉に同調するように部下達も腰を落として臨戦態勢を作る。どうやらこの追手達を退けるには戦闘不能以外の選択肢はなさそうだ。とはいえ受け身に回っていては埒《らち》が明かないしちまちま戦うのは性に合わない。

覚悟を決めた俺はスゥと小さく息を吸い込む。腰を落としながら右足を引き、両手で握った純黒の剣を八相に構える。

「その構えはまさか⁉　お前達、全ての魔力を防御に回せぇ！　さもないと――」

死ぬぞ、そう部下達に叫ぶリーダーの声を塗りつぶすように俺は師匠から教え込まれた技を撃つ。

「アストライア流戦技《天津之朔風《ボレアース》》！」

暴風を纏《まと》った剣を最上段から振り下ろす。高密度に圧縮された風が破城槌《はじょうつい》となって俺の前に立ちはだかる如何《いか》なる脅威も根こそぎ払う――

「アストライア流戦技《天津之朔風《ボレアース》》」

――はずだった。戦場に凛《りん》とした清廉な声が響き、俺の放った風圧は突如戦場に舞い降りた乱入者が放った同質の風によってかき消された。

「お、お嬢……どうしてここに⁉」

「ご苦労様でした。ここから先の彼の相手は私がしますので安心して休んでください」

そう言いながら微笑《ほほえ》むのは俺とそう歳《とし》の変わらない女の子。その手には純白の長剣が握られている。

「初めまして。私はティアリス・ユレイナスと申します。以後、お見知りおきを」

光を浴びて仄《ほの》かに輝く、美しい白銀の柳髪。宝石のように透き通った美しい碧眼。くっきりとした目鼻立ちに意志の強さを感じさせる秀麗な眉目《びもく》。誰もが心奪われる妖精のような端整な容姿は生まれながらの高貴な血を感じさせた。

「ユレイナス……まさかあんたが借金取りの親玉か？」

「ええ、そうです。私はあなたの師匠、〝龍傑の英雄〟ヴァンベール・ルーラーにお金を貸したユレイナスの者です」

確かに俺の師匠の名前はヴァンベール・ルーラーだが〝龍傑の英雄〟なんてカッコいい二つ名で呼ばれるような人ではない。

「さて、早速で申し訳ありませんがあの人が残した借金を返済していただきましょうか。お代はあなたの剣と魔術で支払っていただきます！」

「あんた、何を言って————ッツ⁉」

言っている意味が理解出来ず俺が聞き返そうとするよりも早く、瞳に激情の炎を宿したティアリスが剣を振り下ろしてきた。華奢《きゃしゃ》な身体から放たれたとは思えない重く鋭い一撃に思わず眉間にしわが寄る。

「フフッ。いい反応です。長年ヴァンベールさんに鍛えられただけのことはありますね」

「……お嬢様っていうのは随分物騒な生き物なんだな。いきなり斬りかかって来てなにがしたいんだ？」

一合、二合、三合。鋼が激突して火花が散る。目まぐるしい剣戟《けんげき》の隙間を縫って俺はユレイナスのお嬢様に言葉を投げる。

「私はあなたと戦ってみたかったんですよ。借金の取り立てはそのついでです」

「……はい？」

何を言っているんだこのお嬢様は。そんな俺の怪訝《けげん》な気配に気付いたのかティアリスは

口元に笑みを浮かべながらこう言った。

「なにせルクス君は十六年前に訪れたこの国の危機を、たった一人で救った英雄の絶技を受け継いだ唯一無二の存在ですからね」

「……それならあんたがさっき使った技は何だ？　あれは紛れもなく〝アストライア流戦技〟だった」

「アストライア流戦技。世界を覆う闇を払い、人々に降りかかるあらゆる脅威を斬り払う護国救世の活人剣、でしたか？」

「それを知っているってことはやっぱり……」

「その疑問を解消したければ私と戦ってください。私に勝てたら色々説明してあげましょう。あっ、ついでに借金の件は無かったことにしてあげます」

距離を取り、剣を正眼《せいがん》に構え直しながら不敵な笑みを浮かべるティアリス。聞きたいことは山ほど出来た。

「フフッ。やる気になっていただけたようで何よりです。ちなみにもし私が勝ったらあなたの持っているその剣——ユレイナス家の家宝を回収させていただきます」

物語に登場する戦女神が如《ごと》く静謐《せいひつ》かつ荘厳《そうごん》な雰囲気すら漂う立ち姿。彼女が相応の実力者であることは間違いない。

俺は小さく息を吐きながら集中を深めて剣を構える。ユレイナス家の家宝というのは気になるが、師匠から貰《もら》った剣をみすみす取られるわけにはいかない。

瞬《まばた》きすら許されない張りつめた緊張と重たい沈黙が流れ、突き刺すようなプレッシャーがピリピリと肌を焦がす。師匠と真剣勝負《本気の殺し合い》をした時以来の感覚に思わず口角が吊《つ》り上《あ》がる。

これでは人のことを言えないな。

一秒が永遠にすら感じられる中、最初に動いたのはティアリスだった。

「――ハァッ！」

烈火の気合とともに鋭い踏み込みで間合いを詰めてきた。速い。俺は内心で舌を巻きながら目にも留まらぬ速度で振り下ろされた白剣を最小限の動作で回避する。

だがティアリスは反撃させまいと瞬時に手首を返して逆袈裟《けさ》に払ってくる。それを俺は大きく飛び退いてかわすが――

「アストライア流戦技《天津之狂風《アウステル》》！」

風切り音が鳴ること三度。鋼鉄の鎧《よろい》すら容易《たやす》く切り裂く真空の刃がティアリスの剣から放たれる。着地を狙ってくるとは本当に顔に似合わないことをする。タイミング的に回避は困難。なら俺が取る選択肢は一つ。

「アストライア流戦技《天津之朔風《ボレアース》》！」

目には目を、風には風を。剣を薙《な》いで生み出した風塊で以《もっ》て風刃を吹き飛ばして無力化する。驚愕してわずかに動きが止まった隙に反撃に転ずる。

「火炎よ、弾丸となり、乱れ爆ぜろ。《イグニス・バレットフレア》」

無数の火球を生み出し、それらを全てほぼ同時に射出する。意趣返しの意味を込めて迎撃するしかない魔術で攻撃したが果たしてどう出るか。

「――――ッツ！」

ドッガァアアアアンッ――――!!

「お嬢――――――――!!」

静かな戦場に轟音《ごうおん》が響き渡り、舞い上がる爆炎が昼間のように周囲を明るく照らす。リーダーの男が焦燥に駆られて叫ぶ中、俺は一切の油断なく相手の次の一手に身構える。この程度で終わるはずがない。

「――見かけによらず容赦がないんですね」

背後から聞こえてくる涼しげな声。あの爆撃を完璧に回避しただけでなく俺が一瞬見失うほどの速度で移動して後ろを取られた。再び内心で舌を巻きながら殺気の籠もった必殺の一撃を振り向きざまに受け止めて俺も軽口を返す。

「それはこっちのセリフだ。というかただの決闘なのに殺意が高すぎじゃないか？」

「申し訳ありません。でもやっぱりあの人が唯一弟子と認めたあなたに嫉妬せずにはいられませんでした」

「……あんた、師匠とはどういう関係なんだ？」

「フフッ。それはこの戦いが終わったら教えてあげますよ」

そう言ってからティアリスは自ら飛び退いて距離を取り、仕切り直すように剣を正眼に構える。次は本気の一撃が来る。身体《からだ》中から立ち昇る威圧がそう物語っていた。

「いいだろう。それじゃそろそろ……決着をつけようか」

剣を腰の鞘《さや》に戻しながら左足を後ろに引いて半身の姿勢を取る。俺の狙いは至極単純。ティアリスを上回る速度で必殺の一撃を叩《たた》き込む。

再び流れる沈黙。一瞬が永遠にまで引き延ばされる感覚の中、先に動いたのは今回もティアリスだった。

「アストライア流戦技《天灰之熾火《スヴァローグ》》！」

一足飛びで間合いを詰めながら灼熱《しゃくねつ》の大嵐が渦巻く純白の剣を振り下ろすティアリス。直撃すれば俺の身体は灰すら残さず消え失《き》せ《う》るであろう必殺の一撃を前にして、俺の口角は思わず吊り上がる。

「――――!?」

「アストライア流戦技──秘技《神解一閃《フラガラック》》」

　自身の身体を雷と化し、紙一重でティアリスの一撃を神速でかわすと同時に背後に回って抜刀。純黒の刃を無防備な首筋に添える形で寸止めする。いくら決闘といっても新雪のように綺麗《きれい》な彼女の肌に傷をつけるわけにはいかない。

「俺の勝ちってことでいいよな、お嬢様？」

「ええ、もちろん。この決闘は私の負けです。それにしても今のが、アストライア流戦技の秘技ですか。やっぱりあなたは特別ですね」

　ティアリスは自嘲しながら剣を鞘に戻して両手を上げる。彼女の身体から威圧感が消え失せ、くるりと回ってこちらを向いた時には花が咲くような可憐《かれん》な笑みを浮かべていた。

「それではルクス君、約束通り色々教えてあげましょう。ですがその前に──」

　パチンッ、と指を鳴らすと周囲の空間にヒビが入ってガラガラと音を立てて崩れ落ちていく。その音が止《や》むと派手に暴れた形跡は何処《どこ》にもなく、周囲一帯は何事もなかったかのように静寂を取り戻していた。

「なるほど……ド派手に魔術をぶっ放していたのは結界を張っていたからか。まったく気づかなかったよ。一体いつから？」

「そうですね……あえて言えば初めからでしょうか？　そうじゃなかったらこんな街中で

魔術なんて使ったりしませんよ」

つまり追手の皆さんが魔術を使う前から周囲一帯を現実から隔離する結界を構築されていたというわけか。

「ついでに教えると俺達の役目は最初からお嬢が用意した結界のあるこの場所にお前を連れてくることだったたってわけだ。闇雲に鬼ごっこをしていたわけじゃ無かったたってことさ」

「そういうことです。まぁ結界を張ったとはいえあんなに派手な花火を打ち上げるとは思いませんでしたけどね」

口元に手を当てて優雅に微笑むティアリスと、そりゃないぜと嘆きながら肩をすくめるリーダーの男。その部下達も一様に苦笑いをしている。

「さて、ルクス君。そろそろ移動しましょうか。シルエラさん、こちらに来ていただけますか？」

「お呼びでしょうか、お嬢様」

ティアリスが虚空《こくう》に向かって呼びかけると瞬時にメイド服の女性がどこからともなく現れた。

「シルエラさん、馬車の手配をお願い出来ますか？」

「ご安心ください、お嬢様。すでに馬車の手配は済ませておりますのでまもなく到着するかと思います」

そう報告した直後、馬が嘶《いなな》く声とともにガタガタと派手な音を立てながら何かがこちらに近づいて来ている気配がした。

「相変わらず手際《てぎわ》がいいですね。それじゃ行きましょうか。セルブスさん、今日はありがとうございました。面倒な仕事を押し付けてしまって申し訳ありませんでした」

「いいってことですよ、お嬢。俺達はあなたの頼みならたとえ火の中水の中、何処《どこ》へだって行くだけです」

そうですよ、水臭いこと言わないでくださいお嬢！　とセルブス何某《なにがし》の言葉に元気よく同調する部下の皆さん。歳《とし》が離れている割には随分と慕われているんだな。そんなやり取りを眺めていたら馬車が到着した。

「さぁ、ルクス君。馬車に乗ってください。積もる話はこの中で」

「ちょっと待ってくれ。場所を変えるのも馬車に乗るのも構わないけど、何処に連れて行くつもりだ？　まさかあんたの家とか言わないよな？」

「フフッ、察しがいいですね。その通りですよ。これから向かうのはユレイナスのお屋敷《やしき》、つまり私の家です」

キラッと星が煌《きら》めくようなウィンクをするティアリス。その笑顔が不覚にも可愛《かわい》いと思ってしまったのは致し方ないことだと自分に言い聞かせながら馬車に乗った。

＊＊＊＊

「これが貴族の豪邸か……凄《すご》いな」

馬車に揺られること十数分あまり。目的地であるユレイナスのお屋敷に到着して、俺はその派手さに言葉を失った。

「貴族の邸宅は見栄《みえ》を張るために財を尽くして煌びやかな造りにしてあるイメージがあると思いますが、我がユレイナス邸は無駄なものを廃した質実剛健の家構えです」

ティアリスからそんな話を聞きながら応接室に案内される。そこにあった調度品はテーブルから椅子、照明器具に至るまで一つ一つが職人による手作り。派手な物こそないがどれも高級品なのは間違いない。

「ふぅ……やっぱり家が一番落ち着きますね」

椅子に深く腰掛け、腰に挿していた剣を膝の上に置きながら一息つくティアリス。俺は尋常ならざる場違い感に背中がむずがゆい。

「シルエラさん、紅茶を用意してくれますか？　ルクス君は同じもので構いませんか？」

俺は無言で頷《うなず》く。緊張している上に紅茶なんて上品な物を飲んだことはないので正直何を出されても味はわからない。

「かしこまりました。お茶菓子と合わせて準備して参りますので少々お待ちください」

「お願いします。少し込み入った話をすることになるので、ゆっくり時間をかけて準備してきてください」

再度かしこまりましたと答えてから一礼してシルエラさんは応接室を後にした。二人きりなのは緊張するがこれでようやく話が聞ける。

「さて、それではどこから話しましょうか。色々あるから悩みますね……」

「それならまず聞かせてほしい。師匠の借金の件、本当に無かったことにしてくれるのか？」

いくら大貴族のご令嬢とはいえ彼女に5000万ウォルもの大金をなかったことに出来る権限があるのだろうか。

「もちろんです。これは私ではなくユレイナス家現当主、つまり私の父が決めたことなので安心してください」

そう言ってニコッと笑うティアリス。俺はほっと胸を撫《な》でおろして安堵《あんど》のため息を吐《つ》いてから次の疑問へと移る。むしろ借金よりこっちの方が重要だ。

「それじゃ次の質問。あんたと師匠の関係について聞かせてほしい。どうしてアストライア流戦技を使えるんだ？」

「あぁ、その答えなら簡単です。私もヴァンベールさんから魔術と戦技の教えを受けていたからです。まぁ弟子とは認めてくれませんでしたけどね」

ユレイナス家ともあろう大貴族のご令嬢の先生をしていたってことか。あのロクデナシ、一体どんな手段を使ったんだ？

「ですから私はこうしてあなたと会うずっと前からルクス君のことが気になっていたんです、と言ったらどうしますか？」

「んっ⁉　俺達は初対面のはずだよな？」

「フフッ。その辺りについては気が向いた時にでも教えてあげます。そんなことより話を次に進めてもいいですか？」

気になって仕方ないがどうせ聞いても教えてくれなそうなので俺は黙ってコクリと頷いた。

「そもそも今回の借金騒動に始まりルクス君と剣を交え、こうして我が邸宅に招いたのは私もヴァンベールさんの行方が知りたかったからです」

「それはつまりティアリスさんも師匠の行方を知らないんだな……？」

「ええ、残念ながら。魔術と戦技を教えてくれたので恩義があるのは間違いありませんが、それでも５０００万ウォルという莫大《ばくだい》な借金を無かったことには出来ません。ですが……こんな物を残して姿を消されたらそんなことも言っていられません」

そう言ってティアリスは膝の上に置いていた鞘から剣――先ほどの決闘で彼女が自分の手足のように振るった――を抜いてテーブルの上に置いた。

「やっぱりその剣は師匠の……」

そうじゃないかとは思っていたが、こうして間近で見て確信すると同時に、俺の口から驚愕《きょうがく》の声が漏れた。

穢《けが》れなき純白の刃に燦々《さんさん》と煌めく一筋の黄金が刻まれた、神が鍛えた一振り。羽のように軽く、それでいて鋼鉄を紙のように容易《たやす》く斬り裂くことが出来るその剣を俺はよく知っている。

「ルクス君なら知っていますよね？　この剣が先生にとってどんなものなのか」

「あぁ……自分の命よりも重い大切な剣で、何があっても手放さないと言っていた物だ。それをあんたが持っているってことは――」

「はい……それだけ大切にしていた剣を残して姿を消してしまったんです。だからあの人の身に何があったのか心配で……」

そう言って唇をギュッと噛《か》み、哀愁を帯びた顔でティアリスは深いため息を吐いた。

「なるほど、事情はわかった。ロクでなしとはいえ師匠が自分の愛剣を残して姿を消したのは確かに気掛かりだな」

「……ルクス君の中でヴァンベールさんがどんな人なのか気になる発言ですね」

俺にとって師匠がどんな人かと聞かれて一言で答えるとすれば〝ロクでなしを絵に描いたような人〟だ。生活能力皆無、金銭管理はずぼら、気が付けば酔っ払っている等々、ダメなところを挙げたらキリがない。

ただ戦技と魔術の技量に関してはずば抜けている。指導方法については難ありで、文字通りの意味で何度死を覚悟したか数えきれない。

「まぁ師匠のことはいいとして。俺はこれからどうすればいいんだ……？」

捜し出して一発ぶん殴るのも悪くないが、足跡の一つもないんじゃ見つけ出しようがない。

「そうですね……それなら私と一緒に魔術の学校——ラスベート王立魔術学園に通うというのはどうでしょうか？」

ラスベート王立魔術学園。この名前は師匠から聞いたことがある。確かラスベート王国にいくつかある魔術師養成機関の中で最も古く威厳があり、かつ最高峰の魔術を学べるとかなんとか。

「生まれてこの方友達が一人も出来たことがない可哀想《かわいそう》なルクス君をヴァンベールさんはとても心配していました。あと常々あの人は〝もし俺に何かあったらあいつの力になってやってほしい〟とも言っていました」

誰が可哀想だよ。そもそも友達を作れるような環境に住まわせなかったのは他でもない師匠自身だろうが。あと〝何かあったら〟ってこうなることを予期していたのか？

「あとヴァンベールさんは〝同世代の魔術師見習いと触れあいより多くの研鑽《けんさん》を積ませたい。自分とだけ手合わせをしていたら感覚が狂うからな〟とも言っていました。そういうことなら私に紹介してくれれば解決したというのに……」

わずかに唇を尖《とが》らせながらティアリスはぼやいた。

手合わせと言えば聞こえはいいが、実際のところ俺と師匠がやっていたのは稽古というより本気の殺し合いに近い。

真剣こそ使わないが、木剣から繰り出される師匠の斬撃は容易く俺の頭を叩《たた》き割《わ》る威力があったし、放たれる魔術もまともにくらえば一瞬で消し炭になる無慈悲な火力。弟子を労《いた》わることを知らないのだ、あの人は。

「ラスベート王立魔術学園とやらに通うのは構わない。ただ無条件で通うことが出来るのか？　普通は試験があってそれに合格しないといけないんじゃ……？」

「本当に察しがいいですね。ルクス君の言う通り、ラスベート王立魔術学園に通うためには入学試験に合格しないといけません。ですがその試験は先日終了し、合否もすでに発表されています」

「それなら俺が学園に通うことは不可能じゃないのか？　まさか俺が通う枠を無理やり作るとか言わないよな？」

　ユレイナス家の権力をもってすればどうとでもなりそうではあるのが怖い。

「当たらずとも遠からず、といったところですね。魔術学園には通常の試験とは別に特待枠試験というものが設けられているんです」

「特待枠試験？」

「突出した魔術の才能を持っているのに様々な事情で試験を受けられない人に対して行われるものです。ただ選考基準がすごくあいまいで、ここ数年は合格者はおろか受験生すら出ていませんが」

「基準があいまいね。ちなみにそれってどんなものなんだ？」

「学園長のお眼鏡にかなうか否《いな》か。この一点のみが特待枠試験の合格基準です」

ティアリスの答えに俺は開いた口が塞がらなくなる。続けて口にした、〝ちなみに試験内容も不明です〟との言葉に頭を抱えたくなる。つまりぶっつけ本番で試験に望めってことか。

「ま、まぁきっと、多分、恐らく、ルクス君なら大丈夫ですよ！　必ずや学園長のお眼鏡にかなうはずです！」

「根拠のないフォローをどうもありがとう。それで、万が一入学できたとしてそこから先のことは考えているのか？　自慢じゃないが学園に通ったとしてやっていける自信は俺にはないぞ？」

なにせ俺が師匠から教えてもらったのは戦技と魔術だけだ。一般常識的なことはホコリの被《かぶ》った師匠の私物である大量の書物を読《よ》み漁《あさ》ったのでそれなりに身に付いてはいる。だが逆に言えばその程度の知識しか身に付いていないので、これで王国一の魔術学園の授業についていくことが出来るか甚だ疑問だ。そう伝えると、

「ヴァンベールさんの私物の書籍を熟読しているなら何も問題はありませんよ。なにせその本はラスベート王立魔術学園で使われている教科書なんですから」

「師匠はラスベート王立魔術学園の卒業生なのか？　だけどそんな話は一度も聞いたことがないぞ？」

「いえ、通っていたわけではありませんよ。ただヴァンベールさんは学園長から直々に魔術や戦技の教えを受けていて、本はその時に渡されたそうです」

「師匠はラスベート王立魔術学園の学園長の弟子だったってことか。なるほど、さっきのフォローもあながち間違いじゃなかったか」

俺の言葉にティアリスはえへんと胸を張る。それにしても師匠がここまで秘密主義だったとは思わなかった。ずっと一緒に暮らしていたのにどうして何も話してくれなかったんだ。

「そういうことです。それに加えてあの人から長年にわたって自慢ばな——ではなく教えを受けてきたルクス君なら学年トップの成績すら狙えると思いますよ」

「それはさすがに言いすぎだと思うけどな……」

嬉《うれ》しいことがあった時や酒に酔った時、決まって師匠からこの世界の成り立ちと自分の輝かしい経歴の話を聞かされたものだ。子供の頃はワクワクしたのを覚えているが、何度も聞かされるうちに〝作り話じゃないのか？〟と疑念を抱くようになった。

「フフッ。私の言葉が嘘《うそ》じゃないってことは入学すればすぐにわかりますよ」

足を組み替えながら口元に不敵な笑みを浮かべてティアリスは言った。どうやら本気で師匠の自慢話が役に立つと思っているらしい。まぁその前に学園長のお眼鏡にかなわなければいけないわけだが。

「話は以上です。色んなことがいっぺんに起きたので疲れていますよね？　シルエラが用意してくれた紅茶でも飲みながらくつろぎましょう」

ティアリスが言うのとほぼ同時に扉がノックされた。どうぞと彼女が答えるとゆっくりとドアが開き、シルエラさんがティーポットとケーキを載せたワゴンを押して部屋へと入ってきた。

師匠が借金を遺《のこ》して突然行方をくらませたかと思ったら魔術学園の試験を受けることになるとは。人生何が起きるかわからないな。

そんなことを考えながら口にした苺《いちご》のケーキは甘みと酸味のバランスが絶妙ですごく美味《おい》しかった。

＊＊＊＊

「ハァ……疲れた……」

わずか半日の間に人生を左右することが立て続けに起きたおかげで、俺は宛がわれた自分の部屋にたどり着くや否やベッドに倒れ込んだ。モフッと柔らかくて心地の好《い》い感触を全身で味わいながら目を閉じる。

油断したらそのまま夢の中へ一直線だが、この後はお風呂《ふろ》に入ることになっているので堪えなければならない。

「師匠……あんたは今どこで何をしているんだよ……」

どうして借金を遺して俺の前からいなくなったのか。どうして俺の知らないところでティアリスに戦技と魔術を教えていたのか。そもそもユレイナス家とはどういう関係なんだ。聞きたいことが山ほどあるから早く帰って来てくれ。

「くそ馬鹿師匠が……」

針に刺されたような鋭い痛みが胸に奔《はし》り、ギュッと唇を噛みしめる。ロクでもない人だが、それでもあの人は俺にとって唯一の家族。だから――

「ルクス君、入りますよ。お風呂が空いたから呼びに来ました――って、起きているなら返事をしてくださいよ」

「ティアリスか。部屋に入るときはノックをするように教わらなかったのか？」

抗議するように頰を膨らませながら部屋にやって来たティアリスに、俺は目を逸《そ》らしながら言った。

風呂上がりだからか肌はわずかに上気し、髪もまだしっとりと濡《ぬ》れている。胸元が見えそうな無防備な部屋着姿は歳《とし》不相応な艶があって目のやり場に困る。

「失礼ですね。私はちゃんとノックをしましたよ？ でも反応がなかったから寝ちゃったのかなって思って。だから起こしてあげようとしたんですが、ルクス君はそういう風に言うんだぁ。私の善意の気持ちを茶化すんだぁ」

悲しいわ、と泣き真似《なまね》をするのはいいが歪《ゆが》んでいる口元は隠した方がいいぞ。からかう気満々だってことが丸わかりだからな。

「でも今はからかっている場合じゃないですね。ルクス君、大丈夫ですか？」

「なんだよ、藪《やぶ》から棒に。俺は別に何ともないぞ？」

「それならどうしてあなたは泣いているんですか？」

俺が泣いている？ そんなはずはない。怪我《けが》をしたわけでもないし、どこか痛いところがあるわけでもない。唯一心当たりがあるとすれば、先ほどまでティアリスとしていた試験勉強があまりにも厳しかったからかな？ それでも師匠との地獄のような修行の方が何倍も辛《つら》かったが。

だが、どこか悲しげな表情をするティアリスが嘘を言っているとは思えず、頬を触ってみると確かにじんわりと湿っていた。

「自覚がないのは考えものですね。辛い時は辛いって口に出してください。そうじゃないと……心が壊れてしまいますよ」

そう言いながらティアリスは俺との間合いを一歩だけ詰めた。手を伸ばせば包み込めるような距離感。心臓の鼓動が速くなる。

「無理もないです。ヴァンベールさんはルクス君の師匠である前にたった一人の家族。それがある日突然いなくなったら寂しいですよね……」

「お、俺は別に寂しいだなんて思ってな――！」

「強がらないで、ルクス君。大丈夫、私がついていますから」

気が付けば俺は彼女に優しく抱きしめられていた。この温かくて柔らかい、慈愛に溢《あふ》れる抱擁はどこか懐《なつ》かしくて心地いい。

「今まで一人でよく頑張りました。でも一人で頑張るのは今日で終わりです。これからは私が一緒ですよ」

あやすように俺の背中を優しく撫《な》でながら言ったティアリスの言葉に、心の奥底で氷漬けにされて眠っていた感情がゆっくりと溶けていくのがわかった。

俺は寂しかったのだ。突然借金を遺して消えた師匠。そこから始まった一週間にも及んだ逃避行は色んな場所に行くことが出来て楽しかったが、幸せそうに笑っている家族を見て言葉にならない虚無感を覚えた。その正体がようやくわかった。

「これからは一人で抱え込まないこと。辛いことがあったらすぐに私に言うこと。わかりましたね？」

「……どうしてキミは俺に優しくしてくれるんだ？　知り合ってまだ半日しか経《た》っていないのに……」

「フフッ。妹弟子が兄弟子の面倒を見るのは当然のことでは？　なんていうのは冗談で……その話はまた今度。もう少し絆《きずな》を深めたら教えてあげます」

勿体《もったい》ぶるところは師匠の受け売りだろうか。真似しないでさっさと教えてくれ。

「女の子の秘密を暴こうとするんじゃありません。がっつく男はモテませんよ？」

「はいはい、わかりましたよ。そういうことなら今は無理に聞かないさ。でもいつか、ちゃんと教えてくれよ？」

「もちろんです。その時が来たら必ず話すので安心してください。それよりルクス君。少しは落ち着きましたか？」

すっかり涙は止まっていたが、もう少しだけこのままでいたいと思うのはどうしてだろう？

「ルクス君って案外寂しがり屋さんですね。いいですよ、気が済むまでこうしていてあげます。今夜は特別です」

「ありがとう、ティアリス」

どれくらい抱きしめ合っていたかわからないが、この奇妙な抱擁は俺を呼びに行ったきり戻ってこないティアリスを心配したシルエラさんが来るまで続いたのだった。

第2話　最強の魔術師

ラスベート王立魔術学園。この名前をラスベート王国に住んでいる人達で知らない者はいない。なぜならこの学園の存在そのものがラスベート王国を魔術大国たらしめている基盤であり、その地位を確固たるものにしている最大の功労者だからである。

創立は今からおよそ百年前。ラスベート王国初代国王イグナ・ラスベートが国力を高めるためには次代を担《にな》う魔術師が必要不可欠だと提言した。

しかし当時ラスベート王国は建国したばかりで財政状況は火の車。周囲から反対意見は出たが押し切る形で多額の国費をつぎ込んで設立した。そのため目の前のことを蔑《ないがし》ろにして不確実な未来を語るなど言語道断、無能な国王と非難されたそうだ。

だが今では最高峰かつ最先端の魔術を学ぶことが出来る魔術師養成の専門教育機関としてその名を世界に轟《とどろ》かせているおり、国を支えている高名な魔術師達はみなこの学園の卒業生という確固たる事実も相まって初代国王の功績の一つとして数えられている。

「ラスベート王立魔術学園は全寮制で就学期間は三年です。この間に生徒である私達は魔術の何たるかを学び、知識を蓄え、実践を通して仲間と共に切磋琢磨《せっさたくま》して術を磨いていくのですが……ルクス君、聞いていますか？」

ティアリスと出会った翌日。爽やかな朝日を浴びながら俺は彼女と一緒にラスベート王立魔術学園に向かっていた。

「もちろん聞いてるよ。そんなことより、ラスベート王立魔術学園の学園長って何者なんだ？　師匠の師匠ってことは相当ヤバイ人だよな？」

化け物じみた師匠を育てた人が普通であるはずがない。そんな俺の失礼な想像を感じ取ったティアリスが苦笑いをしながら教えてくれた。

「学園長の名前はアイズ・アンブローズ。性別は女性。絶世と称されるほど美しく、老いることのない容姿の持ち主。そのことから伝説の種族、妖精種《エルフ》と人間の間に生まれた混血ではないかという噂《うわさ》もあります」

「……さすがにそれは話を盛りすぎじゃないか？」

至極真面目な表情で話すティアリス。

妖精種《エルフ》とは遥《はる》か昔、神様が地上で暮らしていた神話の時代にいた人間の高位存在であり、神無き世界において人々を正しき道へと導いた賢者。長命な種族である反面繁殖力は非常に低く、それ故に妖精種《エルフ》は絶滅したと言われているが、アンブローズ学園長はその末裔《まつえい》だとでもいうのか。

「ですがそれはあくまで表面的なものでしかありません。学園長を評するに最も相応《ふさわ》しい言葉は――」

ティアリスが言葉を紡《つむ》ごうとした直前、不意にポンッと肩を叩《たた》かれた。その瞬間、景色が一変する。ついさっきまで穏やかな街中にいたはずなのに、今俺とティアリスが立っているのはだだっ広い闘技場のような場所だった。

「なぁ、ティアリス。俺達はまだ学園に着いていなかったよな？」

「はい……確かに私達は学園に向かって歩いているところでした。ですが……ここは紛《まご》うことなく学園内にある修練場です」

わずかに声を震わせながらティアリスが言ったことに俺は乾いた笑いを零《こぼ》す。戸惑う俺達の反応がよほど嬉《うれ》しかったのか、このとんでもない事象を引き起こした犯人はいたずらが成功した子供のように満足気に笑っていた。

「びっくりさせてごめんね、二人とも。ちまちま移動してもらうのも忍びなかったから飛ばしちゃった」

困惑する俺達の背後から突然聞こえてきた凛《りん》とした透き通る綺麗《きれい》な声。慌てて振り返ると、夜空に浮かぶ満天の星のような光沢のある亜麻色の髪の、筆舌に尽くしがたい傾国の美女が一振りの錫杖《しゃくじょう》を手に立っていた。

純白のローブを身に纏《まと》い、そこから覗《のぞ》く肢体は陽の光を浴びているのか不思議なくらい白く一切の穢《けが》れがない。神話に描かれる女神だと言われても思わず信じてしまうほどの魅力が全身から漏れ出ていた。

「まさか……転移魔術か？」

転移魔術。師匠の本によると星の数ほどある魔術の中でも妖精種《エルフ》のみに行使が出来るものであり、彼らの絶滅と共に失われた秘術。

発動には莫大《ばくだい》な魔力と複雑な詠唱が必要と言われているが、目の前の美女はまるで児戯のようにいとも容易《たやす》く発動したというのか。

「へぇ……勘が良《い》いね。なるほど、キミが我が愛する馬鹿弟子……ヴァンが手塩にかけて育てたルクス君か。うん、立派に育ったみたいで何よりだ」

そう言って美女は嬉しそうに満面の笑みを浮かべる。まさかと思うがこの人ならざる女性が学園長なのか？　そう思いながら横目でティアリスを見ると彼女は静かにコクリと頷《うなず》いた。

「初めまして、ルクス・ルーラー君。私がラスベート王立魔術学園の学園長、アイズ・アンブローズだ。これからよろしく頼むよ」

「……ご丁寧にありがとうございます」

「んぅ、元気がないねぇ。若者ならもう少しハキハキしないとダメだよ！　ティアリス嬢もそう思うだろう？」

　やれやれと肩をすくめるアンブローズ学園長。元気がないわけじゃない。一切気配を感じ取る事が出来ずに背後を取られ、勢いそのままに挨拶されて戸惑っているだけだ。こんな簡単に後ろを取られるのは師匠以来二人目だ。

「いえ、ルクス君は単に驚いているだけで決して元気がないわけではないですよ」

　俺が心の中で思っていたことをティアリスが苦笑いしながら代弁してくれた。それを聞いたアンブローズ学園長は何故《なぜ》か不満そうに唇《とが》を尖らせて、

「キミ達をびっくりさせようと私なりに色々考えたのに！　そういうつれないところはヴァンに似ちゃったのかなぁ。私は悲しい……」

　およよと両手で顔を覆って泣き真似《まね》をする。笑ったり泣いたり感情の起伏が激しいというかテンションが高すぎてついていけない。隣にいるティアリスもただただ困り顔をしている。これが学園長で大丈夫か、ラスベート王立魔術学園。

「さて、冗談はこれくらいにして。ルクス君は特待枠の試験を受けに来たんだよね？　時間も惜しいし早速始めようか？　ティアリス嬢にはその立会人になってもらおうかな」

「その前に、試験内容を教えてくれませんか？」

「フフッ。安心したまえ。何もそう難しい話ではないよ。ルクス君に課す試験は私と手合わせをすることだけだよ」

学園長の口元に不敵な笑みが浮かぶ。背筋にぞくりと震えるほどの艶美な表情に俺は嫌な既視感を覚えた。あの顔は師匠が悪巧みをしている時にしていたものと同じだ。一体何を考えている？

「…………はい？」

胸を張りながらドヤ顔で宣言するアンブローズ学園長に思わず俺の口から呆《ほう》けた声が出る。さすがのティアリスも驚愕《きょうがく》している。

「ア、アンブローズ学園長！　その条件はいくら何でも厳しすぎます！　いくらルクス君がヴァンベールさんの弟子とはいえ学園長が相手では……」

「なぁ、ティアリス。さっき言いかけていた言葉を教えてくれないか？」

転移する直前に彼女が言いかけていたアンブローズ学園長を評するに最もふさわしい言葉。おそらくその答えこそティアリスの驚愕の源だ。

「世界最強にして現存する唯一の魔法使い。学園長のことをみんなそう呼んでいます」

わずかに声を震わせながらティアリスが発した言葉に俺は思わず目を見開く。世界最強もさることながら魔法使いとは。眉唾だと一笑するのは簡単だが、今しがた転移魔術を見せられているので安易に否定出来ない。

「大丈夫。いくら何でも手合わせして私に勝てとは言わないさ。単にヴァンが我が子のように手塩にかけて育てたルクス君の実力をこの目で確かめるだけだよ」

そんな俺達の心境などどこ吹く風。アンブローズ学園長は呑気《のんき》にキラッと可愛《かわい》いウィンクを飛ばし、ティアリスは盛大にため息を吐《つ》いて肩をすくめた。

なるほど、これ以上何を言っても無駄みたいだな。天上天下唯我独尊とはこの人のためにある言葉だ。

「俺に拒否権はない、そういうことですね？」

「話が早くて助かるよ。ルクス君はヴァンと違って物分かりがいいね。それじゃ早速始めようじゃないか！」

言いながら学園長は両手を伸ばしたりポキポキと首を鳴らしたりして身体《からだ》をほぐし始める。俺は一度深呼吸をしてから覚悟を決めて学園長に倣《なら》って軽く身体を動かす。

「よし、それじゃ始めるとしようか。制限時間は一分間。ルクス君は魔術、戦技、何でも使って全力で私を倒しにきて。それがこの手合わせの唯一のルールだよ」

「わかりました、と言いたいところですが見ての通り俺は丸腰です。魔術ならまだしも丸腰では戦技は無理ですよ？」

試験を受けに来ただけなので師匠から貰《もら》った愛剣はユレイナス邸に置いてきた。とはいえ師匠から教えてもらった戦技の中には徒手空拳の技もあるので戦えないことはないが、果たしてこの人相手に通用するかどうか。

ちなみに戦技というのは神々が振るったとされる技の名を口にすることで、そこに刻まれた記憶を呼び起こして魔術に匹敵する奇跡を引き起こす技術である。

「フフッ、そう言うと思って準備はしてあるよ」

得意気な微笑を浮かべながら学園長がパチンと指を鳴らすと、俺の目の前に一振りの剣が出現して地面に突き刺さった。どうやらこれを使えということらしい。

「ヴァンから貰ったキミの星剣と比べたら鉄塊だろうけど、今日のところはそれで我慢してくれるかな」

「星剣が何のことかわかりませんが、そもそも初めから俺と戦うことが目的ならどうして剣を持って来るように言わなかったんですか？」

鉄剣を地面から抜きながら、俺は楽しそうに笑っているアンブローズ学園長に尋ねた。

昨日の言伝《ことづて》の時点で言ってくれていたら困惑を抱えたまま戦うことはなかったはずだ。そんな俺の疑問に対して学園長は口角を吊《つ》り上《あ》げてこう言った。

「それはもちろん――星剣と対峙《たいじ》したら我慢出来ずに本気出しちゃいそうだったからだよ。そうなったらルクス君の命の保障は出来ないからね」

ゾクリと背筋に悪寒《おかん》が奔《はし》る。顔は笑っているが視線は鋭く、その瞳には確かな殺気が宿っている。実践という名の本気の殺し合いで師匠が時折発した圧にそっくりだ。

「……あの剣がそこまでの代物なら猶更持ってくればよかったな」

「フフッ。さっきも言ったけどこの手合わせはあくまでキミの実力を測るためのもの。私は本気を出したりはしないよ」

「…………」

剣を握る手に力を込めながら無言で構える。アンブローズ学園長の言葉に悪気もなければ悪意もない。ただそこにあるのは自分の実力に絶対の自信を持つ強者の余裕であり、最強故の慢心。ならこの一分間で俺がすべきことは全力でその鼻っ柱をへし折るのみ。

「フフッ。集中しているね。そして何とも心地の好《よ》い殺気を放ってくれる。これは存外、久しぶりに楽しめそうかな？」

「ルクス君……」

研ぎ澄ませ、全ての感覚を。ただ目の前にいる、長きにわたり最強の座に君臨している者を倒すことだけに意識を集中させろ。

「フフッ。いい顔になったね。さて、ティアリス嬢。そろそろ開始の合図をお願い出来るかな？」

俺から距離を取りつつ笑顔で声をかけてきた学園長に観念したのか、ティアリスは一つ大きなため息を吐《つ》いてから俺達の間に立った。

「わかりました。ですが学園長、これはあくまでルクス君の実力を試すものということをお忘れなきように。ルクス君も無茶はしないでくださいね？」

ティアリスの忠告に俺はこくりと頷きつつ剣を正眼《せいがん》に構える。学園長の口元には未《いま》だ笑みが浮かんでいる。その余裕、今に吹き飛ばしてやる。

「それでは二人とも、悔いのない戦いを。試合――始めっ！」

最強に挑む、一分間の戦いの幕が切って落とされた。

＊＊＊＊

先手を取ったのはルクスだった。

一分という超短期決戦において力を出し惜しむ必要はなく、ましてや様子見をするのは愚行。さらに相手は最強と名高い未知なる格上。なればこそ、ルクスは魔力を全身に流し、身体能力を限界まで引き上げて初手から全力で突貫する。

「ハァァッ――――!」

裂帛《れっぱく》の気合いを吐き出しながら、一足飛びに間合いを詰めてアイズに向けて渾身《こんしん》の一振りを放つ。対するアイズは無防備な姿勢を晒《さら》してただ突っ立っているだけで動く気配がない。

捉えた。ルクス、そして立会人のティアリスもそれを確信するが――

「速度は上々。だけど戦技でもないただの斬撃じゃ私には届かないよ?」

ルクスの鉄剣は空を切り、愉悦交じりのアイズの声が背後から聞こえる。それと同時に背中に衝撃が奔《はし》ってルクスは吹き飛ばされた。

それがアイズの手にしていた錫杖で小突かれたということに二度、三度と地面に身体を打ちつけながら気付いた。そして同時に先の一閃《いっせん》が回避されたからくりにも見当をつける。

「さぁ、遠慮しないでかかっておいで。キミの力をもっと見せてよ」

「雷鳴よ、奔れ《トニトルス・ショット》」

ルクスは思考を切り替えて雷属性の魔術を放ちつつ、修練場全体を覆うように魔力を放出する。

「驚いた。私が転移魔術を使ったことに気が付いて魔力の網を張ったのかな? だとすると恐るべき才能だね」

口笛を吹き、迫りくる紫電を踊るように回避しながらアイズは賞賛の言葉を口にする。出会ってすぐに見せたとはいえ、まさかたった一度の攻防でどんな魔術を使ったのか勘づかれるとは思わなかった。

その上ルクスは魔力を広範囲に放出することでアイズが転移する先を瞬時にわかるよう即興の結界を展開した。これには世界最強のアイズも舌を巻かずにはいられない。

「それでも私に一太刀浴びせるには届かないかな」

だがまだ足りない。転移魔術はアイズの魔力が尽きるまで発動出来る上に連続使用も可能である。だからいくら転移先を瞬時に察知出来たとしてもまた転移すればいくらでも対処は出来る。

「雷鳴よ、槍となり降り注げ。驟雨《しゅうう》の如《ごと》く《トニトルス・スピアレイン》」

「ほぉ……今度は範囲魔術か。考えたね」

ルクスが選択したのは広範囲に雷撃の雨を降らせる魔術。転移する逃げ場を封じ、仮に転移で雷撃をかわしたとしても逃げた先に全力の一撃を叩《たた》き込む。それがルクスの選択した最強への挑戦だった。

「でも……まだまだ足りないよ」

パチンッとアイズが指を鳴らすと轟々《ごうごう》と修練場に響く無数の雷鳴が一瞬ですべて掻《か》き消える。これにはルクスだけでなく立会人のティアリスも目を見開いて驚愕する。

「戦いの最中に呆けたらダメだよ？　雷鳴よ、奔れ《トニトルス・ショット》」

「――ッツ⁉」

紫紺の閃光《せんこう》が奔る。ルクスはとっさに剣を掲げて直撃は防ぐが、勢いは完全に殺しきれずに後方に身体がはじけ飛ぶ。

「第一階梯《かいてい》魔術でこの威力か……！」

クソッ、とルクスは悪態を吐きながら体勢を立て直して剣を構える。

残り時間はまだ半分あるが、ただの剣撃では転移で回避されるし魔術も容易《たやす》く無力化される以上、ルクスに残された手は師匠から教わった戦技だけ。だがそれも通用するかどうかわからない上に果たして借り物の剣がもつかどうか。

「そうだ、ルクス君。一つ聞きたいことがあるんだけどいいかな？」

「……何ですか、藪《やぶ》から棒に？」

口元に笑みを浮かべながら陽気な声で尋ねてくるアイズ。ルクスは集中を保ったまま警戒しつつ言葉を返す。

「キミはヴァンから学んだ魔術や戦技を何に使うのか、その使い道を教えてほしいんだ」

「力の使い道……ですか？」

　アイズの問いかけにルクスは言葉に迷う。

　無理もない。ルクスが剣を握り、魔術を学び始めたのは物心がついてすぐの頃。どうしてそうしたのか、その理由はおろか自分自身の意思すら存在していない。

「ヴァンから魔術や戦技を教わり、この学園で様々なことを学んだ先にキミは何がしたい？　力を得た先にキミは何を求める？」

「ルクス君……」

　アイズの質問に俯《うつむ》き何も答えないルクスを心配そうな様子でティアリスが見つめる。実はこの問いかけはラスベート王立魔術学園の入学試験で試験官から必ず最後に尋ねられる質問でもある。

「この世に悔いを残さず死ぬことは難しい。特に私達みたいな常に死と隣り合わせの魔術師はなおさらね。人々を守る使命があると言えば聞こえはいいけど、すぐ隣で昨日笑いあった顔馴染《かおなじ》みが死んでいくのを見ながら仇敵《きゅうてき》を倒さないといけないなんてこともある。十六年前に起きた災害のようにね。どうしようもなく不快、不愉快、胸糞悪《むなくそわる》い世界だよ」

「…………」

「だからこそ私達魔術師は迷った時の寄る辺、何があってもこれだけは揺らぐことない信念というものが必要になる。今のキミには力はあるが、それが足りない」

　力を持つということは責任を負うことでもある。そして信念を持たぬ魔術師はほんの些《さ》細《さい》なことがきっかけで人の道理を外れて純黒の悪意に染まってしまう。

「俺は……」

　ルクスはギリッと血が滲《にじ》みでるほど強く唇を噛《か》む。今更そんなことを問うのは卑怯《ひきょう》だ。そもそも剣を握ったのも魔術を学んだのも師匠に〝お前は強くならなくちゃいけない〟と言われたからだ。

「戦いの最中に突然すまなかったね。この場で答えを言う必要はないよ。そんなことより続きをしようじゃないか。と言っても残り時間はほとんどないから次が最後かな？」

　カツン、と錫杖《しゃくじょう》で地面を叩きながら獰猛《どうもう》な笑みを浮かべるアイズに対して、ルクスは何も答えず大きく息を吐いてから静かに剣を構える。

　攻防自在の転移魔術の隙をついて致命の一撃を叩き込む以外に勝機はない。技の出し惜しみはしない。全力で戦技を叩き込む。

「いい顔だね。さぁ来なさい、ルクス君。キミの全てを見せてみろ」

「――――行きます」

　地面を抉《えぐ》るような力強い踏み込みで再びアイズに突貫を仕掛けるルクス。瞬《まばた》きするより

速く肉薄するが、どれほど速く間合いを詰めても転移魔術がある以上、アイズが相手では意味がない。

「スピードは申し分ない。でもそれだと振り出しに戻るだけだよ?」

転移魔術を発動し、容易くルクスの背後を取ったアイズは掲げた錫杖を無慈悲に振り下ろすが、その寸前でルクスの姿が掻き消える。

「――!?」

背後に感じる冷たい殺気。後ろを取られたことに驚愕《きょうがく》すると同時に久しく忘れていた命の危機を思い出し、心の中で愉悦の笑みを零《こぼ》しながらアイズは転移魔術を使って空中へと退避する。

「アストライア流戦技――」

雷霆《らいてい》と成り、一筋の紫電の煌《きら》めきを宙に描いたルクスが再度アイズの背後を取る。

転移魔術の唯一の弱点は瞬間移動の際に生じる刹那の空白。そのわずかな意識の間隙《かんげき》を縫って手に入れた千載一遇の機会をルクスは逃さず、必殺の一撃を振り下ろす。

「――《天雷之鉄槌《ヴァジュラ》》!」

「ッツ!!」

瀑布《ばくふ》のような雷を纏《まと》った刃。神速にも達しうる一閃に転移は間に合わないと判断したアイズは錫杖を掲げて受け止めるが、勢いを完全に殺し切ることは出来ずに地上へと叩き落とされた。

「参ったなぁ……まさか二度も背中を取られるとは思わなかったよ。さすが、あいつが見込んだだけのことはある」

「……ッチ」

舞い上がる土埃《つちぼこり》から聞こえてきたアイズの呵々《かか》大笑にルクスは思わず舌打ちをする。渾身の一撃を防がれた上に、手にしている鉄剣がバキンッと音を立てて自壊してサラサラと砂のように崩れ落ちていく。

ルクスが勝てる術《すべ》はもう残っていない。

「俺の負け、ですね」

ため息をこぼしながら肩を落とす。立会人のティアリスも役目を忘れ、固唾《かたず》を呑《の》んで二人の戦いの結末を見守っていた。

「いやいや、最初に言ったでしょう？　これはキミの実力を測るためのものだって。それに勝ち負けの話をするなら二度も私の背後を取って戦技を叩き込んだキミの勝ちだ。手にしていたのが有象無象の鉄剣ではなくキミの持つ星剣だったら、私も無事では済まなかったはずだからね」

おどけた口調で言いながらアイズは肩をすくめる。

確かにとティアリスは思う。世界最強と謡《うた》われるアイズ・アンブローズと戦って——本気でなかったとはいえ——背後を二度も取り、あまつさえ一撃をぶつけることが出来る魔術師は果たして何人いるだろうか。

「えっと……それではアンブローズ学園長。結論としてはルクス君の入学は……?」

恐る恐る尋ねるティアリス。ごくりとルクスは生唾を飲み込んで答えを待つ。アイズはわざとらしく考え込むように瞑目《めいもく》して、

「うむっ! 言うまでもなくもちろん合格だよ! ルクス君、ようこそ魑魅魍魎《ちみもうりょう》な魔術師達が集うラスベート王立魔術学園へ」

満足気な笑みを浮かべながら言ってから、アイズは右手を差し出した。短いようで長く濃密な一分間の試験は終わったこと、無事に学園に入学出来ることに安堵《あんど》のため息を吐きながらルクスはその手をしっかり握り返した。

「こちらこそ、よろしくお願いします。ですが今後はこういうことはやめていただけると助かります」

「それは応相談ということで。それじゃ制服とか教科書とかもろもろ渡すから学園長室に行くとしようか」

だがこの後すぐ。アイズが無断で修練場を使って手合わせをしたことが教員に気付かれてしこたま怒られる事態が発生してしまい、ルクスとティアリスは待ちぼうけを食《く》うことになる。

結局制服その他一式は申し訳なさそうな顔の事務員から受け取って二人は帰路についたのだった。

第3話　入学式とクラス分け

アンブローズ学園長と手合わせした翌日早朝。

慣れない制服の袖に腕を通し、俺はティアリスと一緒に昨日と同じ道を辿《たど》って学園へ向かっていた。

「ソワソワしてどうしたんですか、ルクス君？　制服姿は似合っているから大丈夫と何度も言ったじゃないですか」

隣を歩くティアリスが小首をかしげて言うが心配しているのはそこではない。確かに最上級の生地で作られており、さらに防刃・対魔術の加工が施された制服に戸惑っているのもある。だがそれ以上に落ち着かないのは周囲から浴びせられる視線と声だ。

『あれが絶世の美女と名高いユレイナス家のご令嬢か。見ているだけで心が洗われるような神々《こうごう》しさだな』

『卒業するまでに一度でいいから話せるかな。というか恋人とかいるのかな？　噂《うわさ》だと数多くの求婚を断っているらしいからもしかしたら俺にもチャンスが……』

『というか隣にいる男は誰だよ⁉　どうして仲睦《むつ》まじく一緒に歩いているんだよ⁉』

　ティアリスを称賛する声に交じって時折聞こえる俺への呪詛《じゅそ》のせいで、これからの三年間が不安になる。

「別にソワソワしていない。ただ入学式の後にやるクラス分けがどうなるかちょっとだけ心配なだけだ」

「ルクス君、世間ではそれをソワソワしているっていうんですよ」

　呆《あき》れて苦笑いを浮かべながらティアリスは言うが、同世代の魔術師と接する初めての経験だから、知った顔が近くにいるのといないのとでは安心感が違うのだ。

「クラス分けの結果にはいくら私でも口出しは出来ないので祈るしかないですが……でもまぁ何とかなると思いますよ？」

「その根拠はどこにある？」

「ラスベート王立魔術学園のクラス分けには、アンブローズ学園長が製作した専用の魔導具が使われることは話しましたよね？」

　魔導具というのは魔力を燃料に稼働《かどう》する特殊な道具で、魔術師でなくても使える——

魔力がこもった魔石を燃料にすることで動かすことが出来る——ので、調理や洗濯に一般家庭向けの物から魔術師専用の武具や研究機材などその種類は様々。中には神様がいた時代に作られた遺物もあり、限りなく魔法に近い力を有しているといわれている。

そしてアンブローズ学園長は魔導具製作の第一人者であり、その腕前は神様に匹敵するとかしないとか。

「実はこの魔導具が出す結果には一定の法則があるんです。それはですね——」

「——出身地や性格、魔術属性を測定してその人に最も適したクラスを魔導具が判定する仕組みになっているのです」

得意気な様子で話すティアリスの言葉を遮るように、気品のある声が背後から聞こえてきた。振り返ると腰に手を当てて不敵な笑みを浮かべた、ティアリスに負けず劣らずの美少女が立っていた。

「ごきげんよう、ティア。調子はいかが？」

腰まで伸びる鮮やかに波打つ紫紺の髪。きりりと吊《つ》り上《あ》がった眉目《びもく》と宝石のように輝く黄金の瞳。きめ細かな肌に神が造形したのではないかと思ってしまうほど精緻に整った容姿。そこからは誇りと気高さ、そして絶対の自信が溢《あふ》れている。

「それはもう絶好調です！　ルビィの方こそ調子はどうですか？　緊張でビビっていませ

んか？　心なしか足が震えているように見えますが？」

背後から名前を呼ばれたティアリスはその人物が誰かわかっているのだろう。やれやれと肩をすくめて振り返りながら笑顔で嫌味のジャブを放った。

しかし相手の女性もさるもので、怯《ひる》むことなく言葉の刃で切り返す。

「私の足が震えているように見えるのならそれはティア、あなたの眼球が震えている証拠ですわ。今日の私は気力、体力、そして魔力ともに万全。如何《いか》なる敵が相手でも負ける気がいたしません」

「私だって万全です。なんなら今ここであなたと戦っても余裕で完勝出来るくらいには調子はいいですよ？」

「言いましたわね、ティア！　あなたに敗北の味を教えて差し上げますわ！」

鼻がくっつきそうな距離でバチバチと火花を散らしていがみ合う二人を見て、道行く同じ制服を着た生徒達が足を止めてざわつき出す。どうやらこの二人は有名人のようだ。

「まぁあなたとの決着は長い学園生活の中でゆっくりとつけるとしますわ。そんなことよりもティア。そちらにいる殿方についてお伺いしてもよろしくて？」

不意に縦ロール美少女の照準が俺に向く。鋭い視線とともに彼女の身体《からだ》から放たれる荒れ狂う嵐のような圧力。俺を値踏みしているのだろう。随分と舐《な》めた真似《まね》をしてくれるじゃないか。

「私の説明を横取りした件について追及したいところですが……まぁ面倒ですけど特別に紹介してあげます。彼はルクス・ルーラー君。ちょっとした縁で何日か一緒に暮らしていました」

ティアリスの言葉に通学路がしんと静まり返る。生まれてこの方色恋沙汰の経験が皆無だった俺でもわかる。今の発言は誤解しか生まないぞ。

「……意外ですわ。これまで数多くの求婚やお見合い話を断り続け、戦技と魔術の鍛錬に明け暮れていたティアが殿方と一緒に歩いているだけでも驚きなのに、短い間とはいえ一つ屋根の下で一緒に暮らしていたなんて……今日は第六階梯《かいてい》魔術でも降るのかしら？」

「筋肉と婚約しているルビィと一緒にしないでください。あっ、ごめんなさい、ルクス君。彼女はルビディア・ヴェニエーラ。ユレイナス家とヴェニエーラ家は古くからの付き合いがあって、その関係で小さい頃からの知り合いなんです。見ての通り脳みそまで筋肉が詰まっている残念な子なので仲良くしなくて大丈夫ですからね」

ルビディアはラスベート王国でユレイナス家に次ぐ名家、ヴェニエーラ家のご令嬢だったのか。確かヴェニエーラ家は生粋の武闘派貴族で魔術と体術を駆使した荒々しい戦闘スタイルが特徴だと師匠が前に話していたな。

「ちょっとティア！　その紹介はあまりにも失礼過ぎますわよ⁉」

およよと憐《あわ》れむような泣き真似をするティアリスに食って掛かるルビディア。なるほど、ティアリスにとって彼女はからかいやすい良《い》いおもちゃというわけか。

「まったく、初対面の殿方になんて酷《ひど》い紹介を……まぁいいです。初めまして、ルクス・ルーラーさん。私の名前はルビディア・ヴェニエーラ。以後お見知りおきを」

ティアリスとのやりとりなどなかったかのように縦ロールの美少女ことルビディア・ヴェニエーラは名乗ってから優雅に一礼をした。

「丁寧にどうも。こちらも改めて。初めまして、ルビディア・ヴェニエーラさん。俺の名前はルクス・ルーラー。これからよろしく」

「では早速ですがルクス、先ほどティアが一つ屋根の下で暮らしていたと言っていましたがそれは真実ですか？」

口元に優雅な微笑《ほほえ》みを浮かべてはいるものの実際は疑っているのは言うまでもない。それほどまでにティアリスが男と一緒にいるのはおかしなことなのか。

「あぁ、本当だよ。俺の師匠のせいで色々あってこの数日間、ユレイナスの家でお世話になっていたんだ。その理由は……聞かないでくれると助かるかな？」

助けてくれた恩人にギリッと睨《にら》まれてしまっては両手を上げるしかない。

「気にしないでくださいな。ルクスは何も悪くありません。悪いのはそこの万年猫かぶりのお嬢様ですから」

「……そんなにティアリスが男と一緒にいるのが意外なのか？」

「もちろん！　これまで男性になんて興味ないような態度をしていたのに、まさか入学式に男性同伴で来ているとは！　さらに一緒に暮らしていたともなれば王都を揺るがす大ニュースですわ！」

青天《せいてん》の霹靂《へきれき》とはまさにこのこと、と言って驚愕《きょうがく》の表情を浮かべるルビディア。どうでもいいが朝からテンション高いな、このお嬢様は。

「なにが王都を揺るがす大ニュースですか！　私がルクス君と一緒にいるくらいで騒ぐほどみんな暇じゃありません。というか今すぐルクス君から離れてください。あなたの脳筋が彼に伝染《うつ》ったら大変です」

「あらあら、よほど彼のことが大切なようですわね。でもそんな態度を取っていたら簡単に愛想《あいそ》を尽かされてしまいますわよ？」

「か、勘違いしないでください！　別に私とルクス君はそういう関係じゃありませんから！　そうですよね、ルクス君⁉」

「どうしてここで俺に話を振るんだ……」

顔を真っ赤にしながら言っても説得力がないのではと思わないこともないが、ここできっぱりと否定しておかないとルビディアの口振りから察するに後々面倒なことになりかねない。

「ティアリスの言う通りだ。俺と彼女はそういう特別な関係じゃない。ただ同じ人から剣と魔術を教わっていたってだけで、それ以上でも以下でもないよ」

「つまり二人の師は同じということですか？　ということはあなたの師匠というのはまさか――？」

ルビディアは心当たりがあるのか驚きに目を見開く。その疑問に俺が答えようとしたところで俺達はラスベート王立魔術学園に到着した。

「こうして学園の校舎をちゃんと見たのは初めてだけどすごいな……」

豪奢《ごうしゃ》な校門を抜けて俺の目に飛び込んできたのは、長き時を経て獲得した歴史の重みと、神様が住んでいると言われても納得してしまいそうになる神聖な気配を漂わせる荘厳《そうごん》な校舎だった。

「ん？　どういうことですの？　ルクスは学園に来るのは今日が初めてなのですか？　そう言えば試験会場であなたのことは見かけませんでしたわね」

「ルクス君は特待枠なので試験会場にいないのは当然ですよ」

その代わり世界最強と手合わせをして納得させるという無茶苦茶な試験を受ける羽目になったけどな。俺は昨日のことを思い出して思わず肩をすくめる。

「特待枠⁉　試験が行われるとは話に聞いていましたが、まさかルクスは合格したのですか⁉」

驚きの声を上げながらルビディアがずいっと顔を近づけて来る。ティアリスは何でもない風に話していたので気にも留《と》めなかったが、彼女や再びざわめきだした周囲の反応を見るにそうではないようだ。

「まさかとは思うけど俺が昨日特待枠試験を受けたこと、すでに話題になっているのか？」

「それはもちろん！　特待枠試験の合格率は通常試験のそれと比べたら遥《はる》かに低いのですよ⁉　それこそ十年に一人出るか出ないか……そこらで安売りされている野菜とはわけが違いますのよ！」

ルビディア曰《いわ》く、ラスベート王立魔術学園の特待枠制度が最後に使われたのは十年前で、その人物は三年間の授業課程をわずか一年で履習し卒業した紛《まご》うことなき天才だとか。

「ですからみな注目しているのです。十年ぶりに採用された特待枠での新入生は如何《いか》ほどの者なのかと」

そう言いながらルビディアは口元に不敵な笑みを浮かべた。そして同時に周りにいる新入生達からも鋭い視線が向けられていることに気が付いた。どうやら入学初日から悪目立ちしてしまったらしい。

「ハハハ……。期待に応えられるかどうか不安だな」

「ルクス君なら大丈夫です。新入生のトップに立てるだけの実力をすでに持っていますから。何ならすぐにでも学園の頂点を狙えると思いますよ」

ティアリスがそう言った瞬間、周囲一帯の温度が一気に下がる。目の前にいるルビディアに至っては殺気に近い空気を醸《かも》し出《だ》している。

「……それはまた随分な物言いですわね、ティア。ラスベート王国が誇る〝始まりの四家〟の子息子女が同時に入学する奇跡の世代の頂点に彼が立つと？　ましてやそれを四家筆頭のユレイナスの嫡子にして新入生代表のあなたが言いますの、ティア？」

〝始まりの四家〟とは東のユレイナス家、西のエアデール家、南のアレスマーズ家、北のメルクリオ家を指し、ラスベート王国において知らぬ者はいない魔術の名門である。

彼らの祖先はラスベート王立魔術学園の記念すべき一期生であり、卓越した才能を持つ優秀な魔術師だった。

彼らは学園を卒業後、ラスベート王国の繁栄に尽力した偉大な魔術師となり、その功績を称《たた》えて国王が彼らの家を〝始まりの四家〟と呼ぶようになったそうだ。

「実際に手合わせをしたからこそ断言します。悔しいですが今の私ではルクス君には勝てません。出来ることなら新入生代表は彼に譲りたいくらいです」

俺は代表なんて柄じゃないから勘弁してほしい。というかティアリスが新入生代表なのか。師匠に鍛えてもらっていたなら当然か。

「あなたがそこまで言うとは……彼はそれほどの実力者なのですか？」

「ルビィ、あなたはアンブローズ学園長と一分間手合わせして無事に戦い切れる自信がありますか？」

口元に不敵な笑みを浮かべながらティアリスはルビディアに問う。それは武家の令嬢を驚愕させるには十分なものだった。

「あなた、何を言っていますの？　まさかルクスはアンブローズ学園長と……最強の魔術師と一分間戦い切ったというのですか？　どうなのですか、ルクス⁉」

どうしてここで俺に尋ねるんだと内心で辟易《へきえき》としながら、答えようと口を開こうとしたところで校舎の中から長身痩軀の男性が現れた。

「ラスベート王立魔術学園にようこそ、新入生諸君。これより入学式を始める。講堂の中に入るように。それと――この場に新入生代表のティアリス・ユレイナスはいるかね？」

「はい、私ならここに」

突然名前を呼ばれたティアリスは動じることなくすぅっと手を上げながら名乗り出る。男性は視線も鋭く観察してこくりと頷《うなず》いてから、

「よろしい。ではティアリス・ユレイナスは私と一緒に来るように。他の者達は速やかに移動を始めるように」

張りのある声で男性は言うと踵《きびす》を返《かえ》して歩き出す。それに併せて新入生達もぞろぞろと入学式が行われる講堂へと入っていく。

「それではルクス君。私は式辞の準備があるのでここでいったんお別れです。私がいなくなって寂しくても泣かないでくださいね？」

「俺を何だと思っているんだ？　キミがいなくても俺は別に……」

「だってルクス君、私がいないと学園のことは右も左もわからないひよこ同然ではないですか」

悪戯《いたずら》っぽい笑みを浮かべたティアリスに核心を衝《つ》かれて俺はため息を吐《つ》きながらげんなりと肩を落とす。言い返せないのが悔しいが、彼女の案内がなければ学園の中で迷子になるのはほぼ確定事項だ。何とも情けない話だ。

「なのでルビィ。ルクス君のことをお願いしてもいいですか？」

「わかりました。彼のことはこの私、ルビディア・ヴェニエーラが責任をもって案内しますわ。ですからティア、あなたは安心して新入生代表の務めを果たしてきなさい」

「……やけに素直ですね。何を考えているんですか、ルビィ？」

「あら、嫌ですわね。ユレイナス家のご令嬢ともあろうあなたが私の善意を疑うのですか？　悲しいですわ」

およよと顔に手を当てて涙を流すそぶりを見せるルビディアにジトッとした視線を向けるティアリス。

「フフッ。警戒しなくとも心配ありませんわ。なにもとって食べたりしませんから。ただ私は特待枠に選ばれたルクスに興味が湧いて話がしてみたくなっただけですから」

「………その言葉、信じますよ？」

「まぁその結果、私がより深くルクスに興味を抱いたとしてもティアにどうこう言われる筋合いはありませんけど。だってあなたとルクスは特別な関係じゃないのでしょう？」

ルビディアがそう言った瞬間、ティアリスの表情から余裕が消えて口元が引きつり、額にはピクピクと青筋が浮かぶ。

「私の兄弟子に不埒《ふらち》なことをしたら許しませんよ、ルビィ？」

「あらあら、不埒とはどういうことを言うのでしょうか。淑女の私にはあなたがどんなことを想像しているか皆目見当もつきませんわ」

オホホと高飛車な笑い声を上げるルビディアに堪忍袋《かんにんぶくろ》の緒が切れたティアリスは、腰に挿している剣に思わず手を伸ばす。

「何をしている、ティアリス・ユレイナス。早く来たまえ。キミが来なければ式が始められないのだが？」

「申し訳ありません！　ではルクス君、私は行きますがくれぐれも、絶対に、何があってもルビィに心を許さないようにしてくださいね！」

男性から呆《あき》れとほんのわずかな怒気を孕《はら》んだ声で呼ばれたティアリスは慌てて返事をしつつも俺の手を取って念を押してくる。

「はいはい……わかったから早く行けって。いい加減にしないと怒られるんじゃないのか？」

「彼の言う通りですわ、ティア。あなたのせいで入学式の開始が遅延したら新入生代表から笑い者へ格下げですわよ？」

ルビディアの嘲笑に、ぐぬぬと美少女が出してはいけないうめき声を漏らしながら悔しそうに唇を噛《か》むティアリス。どうやら二人の関係は状況によって変化するようだ。

「わかりました。それじゃルクス君、また後で。クラス分けの儀式で会いましょう」

「了解だ。挨拶、頑張って来いよ。応援してるぞ、妹弟子」

「ありがとうございます、ルクス君。精一杯務めを果たしてきます！」

花が咲くような満面の笑みを刻んで、ティアリスは駆け足で男性の下へと向かった。その背中を見送りながらようやく一息吐けることに安堵《あんど》する。そんな俺をルビディアが不思議そうに見つめてくる。

「何か言いたげな顔だな、ルビディア」

「あなた、もしかして魔法使いだったりします？」

「……はい？」

いきなり何を言い出すんだ、このお嬢様は。

「ティアとはそれなりに長い付き合いですが、あの子があんな風に屈託なく笑うところなんて初めて見ましたわ。あなた、一体何をしましたの？」

「何をって言われても本当に俺は何も……」

「まぁその辺の話も含めて。式までまだ時間はあります。根掘り葉掘り聞かせてもらうので覚悟してくださいまし」

「どうぞお手柔らかにお願いします」

不敵に笑うルビディアに一抹の不安を覚えながら、俺は彼女と一緒に校舎の中へと入るのだった。

＊＊＊＊

結果から言えば、ルビディアの案内がなかったとしても人の波について行けば問題なく会場にたどり着くことは出来た。ただその場合は孤立して奇異の視線に晒《さら》されて肩身の狭い思いをしていたことだろうが。

その点今日が初対面とはいえティアリスを介して顔見知りになったルビディアが隣にいるのは心強い。一緒にいて悪目立ちしていることには目を瞑《つぶ》ろう。

「なるほど……そういう理由でティアと知り合ったのですね」

式が始まるまでの時間を利用して、ルビディアに俺の身に起きた出来事やティアリスとの出会いについて説明した。

「それにしても〝龍傑の英雄〟ヴァンベール・ルーラーに息子がいたとは驚きですわ」

ルーラーの名の時点で気が付くべきでした、と嘆息するルビディア。たいそうな名前で呼ばれる英雄様も俺の前では生活能力皆無のダメ親父《おやじ》だったんだけどな。

「ですがそういうことならあなたが十年ぶりに特待枠の試験に合格したというのも、ティアが学園の頂点を狙えると断言するのも納得です。ホント、世の中は広いですわ」

「そいつはどうも。ヴェニエーラ家のご令嬢にそう言っていただけるとこの先やっていけそうだよ」

「ただ決して油断と慢心はなさらぬように。あの場でのティアの発言は多くの新入生達が聞いていました。入学後は多くの生徒が……特にユレイナスを除く〝始まりの四家〟があなたの首を狙ってきますわ」

「それはまた……物騒な話だな」

「魔術の世界は実力主義。諦めることです。私も早々に決闘を申し込ませていただくので受けてくださいね？」

ルビディア曰《いわ》く、ラスベート王立魔術学園では実戦に重きを置いており、生徒同士による実戦訓練を兼ねた決闘は大いに推奨されている。稀《まれ》にもめ事が起きた際の解決方法として用いられることもあるそうだ。

「入学早々噂《うわさ》の特待生とヴェニエーラの鉄拳聖女の決闘が見られるなんて最高だな！」

俺が心の中でため息を吐いていると、突如背後から陽気な男の声が聞こえてきた。そしてその主はずかずかと近づいてくると躊躇《ためら》うことなく空いていた俺の隣の席に腰かけた。

刈り上げた短髪と野性味の溢《あふ》れる大人びた容姿。制服の上からでもはっきりとわかるほど鍛えられた肉体は魔術師というよりは戦士のそれに近い。ニヤリと口元は歪《ゆが》んでいるが嫌味な感じはなくむしろ爽やかな印象を覚える。

呆気《あっけ》にとられる俺とルビディア。しかし男子生徒は気にすることなく、

「あぁ、驚かせて悪かったな。まずは自己紹介をしないとな！　俺の名前はレオニダス・ハーヴァー。レオでいいぜ。よろしくな、特待生」

「ルクス・ルーラーだ。こちらこそよろしく、レオ。俺のこともルクスでいいぞ」

差し出された手をガシッと握り握手を交わす。毎日欠かさず武具を振って鍛えているのがわかるゴツゴツとした分厚い手だ。

「ん？　ルーラー？　もしかしてルクスは〝龍傑の英雄〟のヴァンベール・ルーラーの関係者だったりするのか？」

「あぁ、残念ながらその通りだ。ただあの人は育ての親兼魔術の師匠ってだけで実の親ではないけどな」

俺は師匠の妹の忘れ形見らしい。師匠の話では俺の母さんと父さんは俺が産まれてすぐに大災害によってこの世を去ったそうだ。だから俺の記憶の中には両親との思い出どころか顔すら存在していない。

「そっか。実の親じゃないってことはお前も十六年前の災害で……まぁ俺達の世代だと多いよな」

「ん？　それってどういう意味だ？」

手合わせをした時に学園長も口にしていた〝十六年前の災害〟。それが一体どういうものか尋ねようとしたところで、隣からコホンッと咳払《せきばら》いが聞こえてきた。

「あら、私には挨拶はないのですか？　ハーヴァー家のきかん坊さん？」

「おっと、こいつは失礼したな。よろしく、ヴェニエーラの鉄拳聖女さん。あんたみたいな有名人に知られているとは驚きだぜ」

おそらく初対面のはずなのに二人の視線の間に軽い火花が散る。俺を挟んで対立するのは止《や》めてほしい。

「謙遜することありませんわ。ハーヴァー家と言えば土属性の名家。そこの次男であるあなたの奔放ぶりは有名ですわ」

「ハッハッハッ！　悪名は無名に勝るってやつだな！　あんたほどの人物にそこまで言ってもらえるとは光栄だな。いつか手合わせをお願い出来るかな？」

「いつでも受けて立ちますわよ。あと私のことを鉄拳聖女と呼ばないように。その二つ名、嫌いなんです」

　そう言ってルビディアは恥ずかしそうに頬を膨らませた。高飛車な美少女かと思っていたら子供のように拗《す》ねる可愛《かわい》らしい一面を見せられて自然と頬が緩む。そういう顔も出来るのか。

「ちょっと、ルクス。何を笑っているのですか？」

「……別に、笑ってなんていないが？」

「惚《とぼ》けないでくださいまし。人の顔を見て笑うなんて失礼ですわよ？」

「ヴェニエーラとユレイナスのご令嬢と仲が良《い》いって……ルクス、お前って実は王家の人間だったりするのか？」

　口は笑っているのに目は笑っていない不可思議な顔でずいっと詰め寄って来るルビディア。その様子を見たレオは困惑した顔で訳の分からないことを言い出す。

「俺がそんな大層な生まれに見えるか？　ティアリスはまだしもルビディアとは今日知り合ったばかりだぞ」

「いいか、ルクス。そもそもティアリス・ユレイナスは魔術師界隈《かいわい》じゃすでに超が付く有名人だからな？　美貌、人柄、そして才能。神様に愛されたとしか言いようがない彼女と仲良さそうにしている時点でお前は新入生の男子の大半を敵に回したと言っても過言じゃないからな？」

「……勘弁してくれ」

レオの話に呆れて思わずため息を吐いていると、壇上に背広やドレスを身に纏《まと》った人達がぞろぞろ入ってきて席に着く。その中でも最後に入ってきた透き通る美麗な長髪を靡かせるアンブローズ学園長の風貌は一際《ひときわ》目立っており、隣にいるルビディアやレオを含めた新入生達はその浮世離れした美しさに息を呑《の》んでいた。

『これより、第99回ラスベート王立魔術学園入学式を執り行います』

彼らの入場から数分後。弛緩《しかん》していた会場の空気が一気に張りつめ、ようやく式が始まった。

『学園長祝辞。アイズ・アンブローズ学園長、前へ』

司会を務める桃色髪の女性に促され、アンブローズ学園長が静かに立ち上がって壇上に立つ。そして――

『前途ある新入生諸君。ようこそ、ラスベート王立魔術学園へ。キミ達のような若く才能に溢れた原石を迎え入れることが出来て学園長として大変嬉《うれ》しく思っている。だが、今キミ達が立っている場所はゴールではなくスタート地点に過ぎない』

凛《りん》とした透き通る声で語りかけるアンブローズ学園長。その言葉にみな真剣な面持ちで耳を傾ける。

『キミ達はここに立つために己を律し、技を鍛え、研鑽《けんさん》してきたことだろう。だがそれは魔術師であれば死ぬまで行い続ける当然の行為……言うなれば生きるために呼吸をするのと同じことだ。もしそれが出来ないというのであれば魑魅魍魎《ちみもうりょう》が跋扈《ばっこ》する魔術師の世界で生きていくことは不可能だ』

門出を祝う場の挨拶でどうしようもないほどに残酷な現実をアンブローズ学園長は俺達に突きつけてくる。これから魔術師を目指そうとする者に対して初日から随分と厳しいことを言う。そのせいで会場の空気は極寒のように冷え切っている。

『魔術師の世界は栄光と死が背中合わせの世界だ。今日この場で祝杯を挙げた者が明日には隣で死んでいるかもしれない、そんな世界だ。

故に魔術師の卵たちよ。常に前を見よ！　過去を悔やまず振り返らず、己を高め、競い合え！　その手助けを我々が全力で行う。そしていつの日かこの国の将来を背負《しょ》って立《た》つ魔術師になることを願っている。

最後に改めて。ようこそ、魑魅魍魎が集い、跋扈する魔術師の世界へ。キミ達の入学を心から歓迎する。私からは以上だ』

しんっ、と静まり返る会場。その重たい空気を切り裂くようにパチパチと拍手が鳴り、それはすぐに式場全体へと伝播《でんぱ》する。

盛大な喝采を全身に浴びながらアンブローズ学園長は優雅に一礼をすると、ゆったりとした足取りで壇上から降りて姿を消した。その間際、にこりと笑う彼女と視線が合った気がした。

その後は来賓の挨拶や紹介、国王からの祝電が読み上げられて式はつつがなく進行していく。そして在校生代表の祝辞が終わり、ついにティアリスの出番がやってくる。

『続いて、新入生答辞。新入生総代――ティアリス・ユレイナス』

名を呼ばれたティアリスが舞台袖から銀砂の髪を靡《なび》かせながら現れ、すぅっと静かに壇上に立つ。そのわずかな一挙手一投足でさえ気品に溢れ、直前までルビディアと子供のような言い争いをしていた姿はどこにもない。

『穏やかな日差しが注ぎ、新緑が鮮やかに映るこの麗《うら》らかな季節の折に、名門ラスベート王立魔術学園に入学することが叶《かな》い、とても嬉しく、また光栄に存じます。今日からこの学園の一員としての誇りと自覚を持ち、先人達が築き上げてきた学園の伝統と歴史に恥じぬよう、日々精進してまいります。私達は十六年前の大災害の年に生まれた悲劇の世代ですが――』

優しく穏やかな日向《ひなた》のようなティアリスの声が式場に響きわたり、皆惚《ほ》れ惚《ぼ》れとした様子で彼女の言葉に耳を傾ける。

答辞が終わり、優雅に一礼した瞬間に満開の拍手が講堂に鳴り響いたのは言うまでもない。

＊＊＊＊

『それではこれより十分間の休憩に入ります。この後はクラス分けを行いますので時間になりましたら席に戻るようにしてください』

進行役の女性がそう告げると緊張していた空気が一気に弛緩した。長かった入学式もこれでようやく一区切りか。両手を伸ばして凝り固まった筋肉をほぐしていると、立派に務めを果たした新入生総代がやって来た。

「大丈夫ですか、ルクス君？　こうした式に参加するのは初めてですよね？　疲れていませんか？」

「ハハハ……まぁこうして長時間じっとしているのは慣れていないから少し疲れたけど大丈夫だよ。それよりティアリスこそ疲れてないか？」

「私の方も問題ありません。こういった式典には慣れていますから」

そう言ってティアリスは微笑《ほほえ》んだ。ユレイナス家の嫡子ならこういった行事に慣れっこなのは当然か。

「それよりルクス君。どうしてルビィと仲良く隣同士で座っているのですか？」

ティアリスが笑顔の裏に怒気を孕《はら》んだ表情でギロリとルビディアに視線を向ける。この入学式はどこに座るかは自由だったので目立たない後ろの方に腰かけたのだが、ルビディアのような有名人と一緒にいる時点で意味はなかった。まぁ俺が特待枠だっていうことがティアリスの口から語られた時から好奇の視線に晒《さら》されていたのだが。

「あら酷《ひど》い。私は他でもないあなたにルクスを任されたのですよ？　それに隣に座っているくらいで一々目くじらを立てないでくださいまし。そんなことではルクスに愛想《あいそ》を尽かされてしまいますよ？」

嫣然《えんぜん》とした笑みを浮かべながら俺に視線を向けてくるルビディア。

「ウフフッ。これから共に学ぶ学友として切磋琢磨《せっさたくま》していきましょうね、ルクス」

言いながらずいっと顔を寄せて来るルビディア。近くで見ると改めて綺麗《きれい》な人だなと思うが如何《いかん》せん顔に刻まれている微笑みが邪悪で怖い。

「アハハ……こちらこそよろしく、ルビディア」

「よろしくしなくてよろしいです！　ルビィ、今すぐルクス君から離れなさい！　さもないと剣の錆《さび》にしますよ⁉」

「まぁ怖い。聞きましたか、ルクス？　これだから脳筋は困りますわ。こんな物騒な女には近づかない方がいいと思いますわ」

「ルビィだけには言われたくありません！」

やいのやいのと騒ぐティアリスとルビディア。お願いだからそういうことは俺のいないところでやってくれ。 自分達が周囲からどれだけ注目されているのかわかっていないのだろうか。 現にこちらに殺気を向けて来る男子がチラホラいるんだぞ。

「まぁ、なんだ……強く生きろよ、ルクス」

同情と憐《あわ》れみがない交ぜになった表情で俺の肩をポンと叩《たた》くレオ。彼とは親友になれそうだ。

「さて、ティアをからかうのはこの辺にして。いよいよクラス分けですわね。ルクスがどこになるか気になるところですわ」

「そう言えばルクス君の魔術属性を聞いていませんでしたね。もしよければ教えてくれませんか？　もし同じ属性ならクラスメイトになれるかもしれないですし」

魔術には〝地〟〝水〟〝火〟〝風〟〝雷〟〝氷〟〝聖〟〝闇〟の属性が存在し、魔術師は最低でも一つ以上これらの属性のいずれかの適性を有しており、これを魔術適性と呼ぶ。だからと言って適性のある属性の魔術しか使えないかと言われたらそうでもない。ただ威力は下がるし魔力の消費も増えることから効率が悪いので、大半の魔術師は自分に適性のある属性の魔術の鍛錬に注力するのだ。

「ちなみに私の魔術適性は地水火風の四つです！　ついでに言うとルビィは火・雷・氷の三属性です」

ティアリスがこともなげに口にするが、二人の魔術師としての才能は控えめに見積もったとしても並の天才を凌駕《りょうが》するものだ。

ルビディアの三属性への適性も十分すごいが、ティアリスが有している地水火風の四つは星がこの世界を構築するために最初に用意した属性であり、雷や氷、聖と闇はその後に誕生したものと言われている。

「世界に三人といない〝原初の四属性適性者《プリマ・マテリア》〟と同じ学園に通えるなんて光栄だな」

「いつでも決闘を挑めるというのはありがたいですわ。この三年間で必ずあなたを超えてみせますわ！」

「挑戦ならいつでも受けて立ちますよ――って私の話はどうでもいいんです！　今はルクス君の魔術属性の話をしているんです！」

「そのことなんだけど……実は俺も自分の魔術適性が何かわからないんだ」

苦笑いを浮かべながら俺がそう答えると、ティアリスとルビディアはそろって首をかしげた。レオに至っては信じられないという顔をしている。

「わからない？　どうしてですの？　魔術を教わる前に自身の属性を調べるのは大前提のはず。まさかそれをやらずに魔術を習ったとか言うのではないですわよね？」

「そのまさかだ。魔術適性のことは師匠から聞いていたけど、調べたことはないんだ。師匠から〝適性とか関係なく全ての魔術を使えるようになれ！〟って言われていたからさ。ティアリスも同じこと言われただろう？」

「いえ……私の場合は〝使えたら戦闘の幅が広がるから時間がある時に覚えてみたらどうだ？〟としか言われませんでしたよ。まずは適性のある属性を修得するのが先決だって」

ティアリスの言葉を聞いて愕然《がくぜん》とした。嘘《うそ》だろう。あの師匠がそんな優しい指導をしていたとはにわかに信じ難《がた》い。まるで別人じゃないか。

「そういうことでしたら尚《なお》のことクラス分けが楽しみになりましたわ。あなたの適性もはっきりすることでしょうし」

「そうだな。ただまぁ俺としてはヴァンベール・ルーラーがルクスにそんな雑な教え方をしていたことに驚きを隠せないけどな。というかサラッと流したけど、ティアリスもヴァンベール・ルーラーの弟子なのか？」

「ええ、そうですよ。縁あって魔術や戦技を教えていただきました。私が新入生総代に選ばれたのはあの人のおかげと言っても過言ではありません」

ルクス君がいたらわかりませんでしたけどね、と苦笑いしながら付け加えるティアリス。

いや、もし俺が普通に試験を受けていたらこの場にいるかどうかも怪しいぞ。

『新入生の皆様、お待たせしました。これよりクラス分けを開始いたします。いったん席の方へとお戻りください』

休憩時間の終わりを告げるアナウンスが流れ、それに併せて会場に豪奢《ごうしゃ》なテーブルが運び込まれた。その後に続いてガラスケースに入れられた綺麗な水晶玉が持ち込まれた。あれがルビディアが言っていた魔導具か。

『これから皆様には順番にこちらの魔導具【オラクルの水晶玉】に手をかざして魔力を流していただきます。そうしたらこの魔導具が皆様にとって最もふさわしいクラスを判定してくれます。痛みはありません。一瞬で終わります。では、早速始めていきます』

桃色髪の講師がそう告げて、クラス分けが始まった。

「なぁ、ティアリス。そう言えば聞いていなかったんだけど、クラスって全部でいくつあるんだ？」

「あっ、そう言えば話していませんでしたね。クラスは全部で四つに分かれていて、それぞれ特徴があるんですよ」

ティアリス曰《いわ》く、ラスベート王立魔術学園のクラスは〝東《ファルベ》〟〝西《アズール》〟〝南《ロッソ》〟〝北《ヴァイス》〟の名を冠した四クラスに分かれており、新入生の時に配属されたら原則卒業するまで変わらないとのこと。

「クラスごとにも特徴があります。例えば東クラスに配属される生徒は〝温厚な性格な人が集まりやすく、魔術適性は多様性に富んでいる〟と謂《い》われていますし、西クラスは〝理知的な性格で、風・地属性に適性のある生徒が集まりやすい〟みたいな感じです」

「それ故にクラス分けに身分は関係なく、あくまでその人個人の性格や能力を見て公平に判断が下されるのですわ。その大役を担《にな》うのが魔導具【オラクルの水晶玉】。ちなみにアンブローズ学園長の力作だそうです」

「学園長が妖精種《エルフ》の混血って話、今なら信じるぞ」

俺達が話をしている間も、時折歓声が上がりながらクラス分けは順調に進んでいく。

『次はティアリス・ユレイナスさん。こちらへ』

ティアリスの名前が呼ばれると会場の視線が一気に彼女に集まる。さすがはユレイナス家のご令嬢にして四属性に適性を持つ才女。注目度は段違いだな。

「それではルクス君。先に行ってきますね」

「行ってらっしゃい。あとでどんな感じだったか感想を聞かせてくれ」

「フフッ。わかりました」

スッと静かに立ち上がり、悠然とした足取りで水晶玉の前に立つと臆することなくティアはそれに手をかざした。すると透明な水晶が渦を描くような虹色の輝きを放つ。まるでどのクラスが一番良《い》いか考えているみたいだ。そして思案しているだろうこときっかり十秒。水晶玉が出した答えは――

『ティアリス・ユレイナスさん、東クラスです。入学おめでとう。これから頑張ってね』

「はい、ありがとうございます」

ティアは東クラスか。魔術適性が複数あるからピッタリかもな。それに性格もルビィが絡《から》まなければ基本的には温厚だし。あれ、そう考えるとルビィも東クラスになる可能性があるんじゃないか？　だって二人は似た者同士だし。

『続いてルクス・ルーラー君。前へ来てください』

なんてことを考えていたら俺の名前が呼ばれた。ティアに感想を聞きたかったけど仕方ない。俺は一つ息を吐いてから立ち上がる。そんな俺の背中を隣に座るルビィがバシッと叩いた。地味に痛い。

「リラックスですわ、ルクス！　落ち着いて、ただ手をかざして魔力を流す簡単な作業です。あなたなら出来ます！」

ちょうど戻ってきたティアリスにも、すれ違いざま声をかけられる。

「ルビィの言う通りですよ、ルクス君。ただ立っているだけですぐに終わります。同じクラスになれるといいですね」

席の二人に頷きで返し俺は水晶玉の下へと向かう。桃色髪の先生に笑顔で促されてそっと手をかざす。ティアの時と同様に虹色に輝き始める水晶玉。しかしその様子はすぐにおかしくなる。傍《そば》にいた桃色髪の女性も異変にすぐに気が付き、会場もにわかにざわつき始める。

「水晶玉が点滅してる？　そんな、どうして……!?」

これまですぐに判定を下してきた【オラクルの水晶玉】がまるで困っているかのようにチカチカと点滅しだしたのだ。だがそれも長くは続かず、考えることを放棄したのか水晶玉の輝きはスッと消えた。そして肝心の判定はというと、

「ルクス・ルーラー君のクラスは………えっと、わかりません」

桃色髪の先生が結果を口にした瞬間、会場が驚愕《きょうがく》に包まれた。

こうして俺はラスベート王立魔術学園始まって以来初となる〝適正クラス無し〟の判定を下された前代未聞《ぜんだいみもん》の新入生になってしまった。

＊＊＊＊

「さて、ルクス君。話の前に紅茶はいかがかな？」

「……いえ、結構です」

そうか、と残念そうにしょんぼり俯《うつむ》くのは他でもない、ラスベート王立魔術学園の学園長を務めるアイズ・アンブローズその人である。

前代未聞のクラス判定の結果に、監督役の桃色髪の先生を始めとして会場の新入生達が揃《そろ》って騒然となる中、颯爽《さっそう》と現れたアンブローズ学園長がこの場は自分が預かると宣言。

そして俺は学園長室に連行されて、なぜかお茶菓子を振る舞われていた。

「それは残念。このお菓子には紅茶がピッタリなんだけど。まぁ飲みたくなったらいつでも言ってね」

まったく残念そうに思っていない声でアンブローズ学園長は言いながら、鼻歌交じりで自分のカップに注ぐ。

「まさか昨日の今日でこうして膝を突き合わせて話すことになるとは思ってもみなかった、と言いたいところだけど……正直なところ、もしかしたらこういう結果になるんじゃないかと思ってはいたんだよ」

「それはどういう意味ですか、学園長？　もしかして何か知っているんですか？」

「フフフッ。もちろんだとも。私はキミ以上にキミのことを知っている。なにせ私は世界唯一の魔法使いだからね。知らないことはほとんどないよ」

優雅に微笑《ほほえ》みながらアンブローズ学園長は紅茶に口を付ける。全てを知っているわけではないのかと内心でツッコみながら大人しく言葉を待つ。

「とはいえ私と違って【オラクルの水晶玉】はそこまで万能ではなくてね。ルクス君に適したクラスは無しと判定した一番の要因は他でもない、キミの魔術適性を判別出来なかったからなんだ」

「それってつまり、俺は魔術の適性を一つも持っていないということですか？」

「困ったことにそういうわけでもない。地水火風氷雷に適性がある私の目から見て、私との戦いでキミが使った雷属性の魔術は間違いなく適性を持っている魔術師のそれだったよ」

さすがは世界最強。ティアリスを上回る六属性に適性があることに驚く俺にアンブローズ学園長はよくわかる解説を始めた。

曰く、魔術師は自身に適性のある属性の魔術を学ぶのが基本だが、適性以外の魔術を使えないわけではない。ただし、自身に適性がない属性の魔術を使う場合は発動するために必要な魔力は増えるし威力も落ちるので効率が悪くなると言われている。まぁそんなことを言っても俺にはピンと来ないのだが。

「ルクス君は魔術の修行をするにあたって、ヴァンから魔術適性について何か教えてもらわなかったのかな？」

「残念ながら師匠からは何も。〝面倒なことは考えず、全ての魔術を頭に叩《たた》き込め！〟としか言われませんでした」

「なるほど、さすがは我が愛すべき馬鹿弟子だな」

何が面白いのかクックックッと喉を鳴らして笑う学園長。もしかして師匠の無茶苦茶な稽古はこの人が原因じゃないのか？

「失礼、今は馬鹿弟子のことよりキミの話だ。ルクス君、つい先日キミと手合わせした時に私が聞いたことを覚えているかな？」

ここで一旦言葉を切り、紅茶に口を付けてからアンブローズ学園長は静謐《せいひつ》な声音で尋ねてきた。

「身に付けた力の使い道の話ですよね？」

「そうだ。そして力の使い道を決めるためには何よりもまず、自分の持つ力そのものについて知らなければ始まらない。ルクス君は自分がどんな力を持っているか何も知らないだろう？」

「ええ……クソッタレな師匠は何も教えてくれませんでしたから」

師匠に聞いてもそんなことを気にする暇があったら剣を振れ、魔術を覚えろの一点張りだったから、いつしか興味も失《う》せていた。

「だからルクス君。今日からキミはこの学園で自分自身の力について学び、理解を深めて行きなさい。そうすれば自《おの》ずと魔術適性もわかるだろうし、ヴァンの真意もわかるはずだ」

「……ありがとうございます、学園長。クソッタレな師匠の真意はともかく、色々学ばせてもらいます。ところでこれから俺はどうなるんでしょう？」

「あぁ、そうだったね。それじゃ肝心のキミの今後の処遇について話を移そうか。入りたまえ」

満足そうに微笑んでからアンブローズ学園長はパチンと指を鳴らした。

「失礼します、アンブローズ学園長」

「失礼します――あっ、ルクス君！」

扉が開き、学園長室に入ってきた人物は二人。一人はティアリス。心配そうに眉をひそめていたので俺は大丈夫と手を上げて応えた。もう一人は入学式の司会進行を務めていた眼鏡をかけた桃色髪の女性。

「まずはご報告を。そちらのルクス・ルーラー君を除く新入生九十名のクラス分けが先ほど終了しました。今は各クラスそれぞれの寮へと案内しています」

「ありがとう、エマクローフ先生。ルクス君の結果について、他の講師達の反応はどうかな？」

「正直戸惑っています。一部の講師からルクス・ルーラー君の特待枠での入学を取り下げにすべきではないかとの声も出ております」

「まったく。この程度の些末事《さまつじ》で稀代《きたい》の才能を野放しにしたら学園の損失どころの話ではないというのに……」

「むしろ問題は新入生の親の方かと。ルクス君が特待枠で入学したことやクラス分けの結果はすぐに伝わるはずです。そうすると明日には〝そのような人間を栄えあるラスベート王立魔術学園の生徒として、ましてや特待枠で入学させるとは何事か！〟などの圧力がかかることは容易に想像出来ます。今年は特に貴族の子息子女の新入生が多いですから」

「ハァァア！　これだから貴族という連中は面倒だな！　わからないものに対して拒絶するのは未知を探求する魔術師としてあるまじき反応だっていうのに……どうしてそれがわ

からないのかねぇ。ホント、どうしようもない連中だ」

親指の爪を噛《か》みながら苦々しい顔で吐き捨てるように学園長は言う。そんな彼女の反応にエマクロ－フ先生は苦笑いを浮かべるばかり。

「アンブローズ学園長、私から一つ提案したいことがあるのですが……よろしいですか？」

「そう言えばエマクロ－フ先生。どうしてここにティアリス嬢がいるのかな？」

「申し訳ありません、学園長。止めたのですがどうしても学園長と直《じか》に話したいと言って聞かなくて……」

申し訳なさそうに頭を下げる先生。いくら学園の教師でも、王国にその名を轟《とどろ》かせるユレイナス家が相手では引かざるを得ない。それにしてもティアリスにしては随分と強引な手段を取ったな。

「気にすることないですよ、エマクロ－フ先生。それじゃティアリス嬢。キミの提案とやらを聞かせてもらおうか？　と言ってもおおよそ見当はつくんだけど」

「はい。ルクス君がラスベート王立魔術学園の特待生として相応しいこと、また学園のみならずラスベート王国に必要な人材であることを私、ティアリス・ユレイナスが保証いたします。これは〝始まりの四家〟であるユレイナス家としての宣言と思っていただいて構いません」

　きっぱりと断言したティアリスの言葉にアンブローズ学園長は満足気にニヤリと口角を吊《つ》り上《あ》げる。俺と桃色髪の先生は話について行けずにただポカンとするばかり。しかしそんな俺達の心境などお構いなしに話は進んでいく。

「キミならそうくると思っていたよ、ティアリス嬢。ユレイナス家の後ろ盾があれば貴族連中も口を噤《つぐ》むしかない。私としては願ったり叶《かな》ったりな提案だね」

「もし私の言葉だけで足りないというのならルビディア・ヴェニエーラもこの場に連れてきて宣言させます！　ですからどうかルクス君の入学取り消しだけは――――！」

　今にも学園長に摑《つか》みかからんとするティアリスの表情は焦燥に満ちていた。

「安心していいよ。ティアリス嬢の提案がなかったとしてもルクス君の入学を取り消すつもりはサラサラないし、ルクス君が力について知る大事な時間を私が奪うはずないでしょう？」

　沈痛な面持ちで肩を落とすティアリスを励ますように、アンブローズ学園長は微笑みながらその肩をポンと叩く。

「私自ら手合わせして彼の覚悟を問うたんだ。入学を取り消すということは彼のその覚悟を踏みにじることと同義だ。そんなこと私がさせないよ」

「アンブローズ学園長……ありがとうございます」

「そういうわけだからエマクロープ先生。貴族連中から抗議がきてもすべて無視してね。しつこいようなら〝うるさい、黙れ〟くらい言っていいから」

「無茶言わないでください！　私を何だと思っているんですか⁉　一介の魔術講師ですよ⁉　学園長じゃないんですから貴族様にそんなことは言えませんよ！」

そう言ってキラッとウィンクを飛ばすアンブローズ学園長に、桃色髪の先生は涙目になって力強く叫ぶ。しかし当の本人はどこ吹く風とばかりにケラケラと笑ってから話を続ける。

「さて、ルクス君の入学のことはこれでいいとして、クラスはどうしたものかね……」

「それなら学園長、ルクス君を私と一緒の東クラスにするのはいかがでしょう？　私が近くにいれば各方面への抑止力になると思います！」

ティアリスが力強い声で学園長に直訴する。ここまで話を聞く限り、どうやら俺の置かれている状況は思っている以上に面倒かつ複雑になっているようだ。しかもまたティアリスに迷惑をかけることになるとは。我ながら情けない。

「ふむ……確かに同じ師を持つティアリス嬢と同じクラスにいれば何かと都合がいいね。よろしい。ルクスの配属は東クラスにしよう」

「ありがとうございます、アンブローズ学園長！」

嬉《うれ》しそうに満面の笑みを浮かべながらティアリスはペコリと頭を下げた。桃色髪の先生は諦めて重たいため息を吐《つ》きながら肩を落とす。

「それに東クラスの担任はロイドだから問題ないだろう。よし、これでルクス君の入学の件は万事解決だ！」

当事者そっちのけでとんとん拍子に事が進んでいるが、つまり俺はティアと同じ東クラスになったって理解でいいんだよな？

「とはいえ生徒の中にはキミに対して懐疑的な目や嫉妬を向ける者も出てくるのは間違いない。ただそれを解決するのは他でもないルクス君自身だ。頑張るんだよ？」

すでに入学式の最中に殺気交じりの嫉妬の視線を散々浴びたので、絡《から》んでくる生徒は少なからずいるだろうな。俺に構う暇があれば自分の力を磨いた方がよほど健全だっていうのに。

「さて、話はこれで終わり！　思っていたより話が長くなってしまったね。エマクローフ先生、疲れているところ申し訳ないけど二人を東クラスの寮へ案内してくれるかな？」

「ハァ……わかりました」

やれやれと肩をすくめるエマクローフ先生に続いて俺とティアリスは学園長室を後にし

た。

ラスベート王立魔術学園は全寮制の学園だ。その寮は全部で四つ。クラス名にちなんで校舎を囲む形で東西南北に配置されている。

「寮はすべて共通して地上四階地下一階建て。学年ごとに使用出来るフロアが分かれていて、今年の新入生さんは一階が割り当てられています」

東クラスの寮へ移動しながら俺とティアリスは桃色髪の先生——名をエマクロープと言うそうだ——から寮についての説明を受けていた。その顔に先ほどまでのげんなりした様子はなく、朗らかな表情で丁寧に教えてくれた。

「各フロアには各部屋、談笑スペース、大浴場が設けられています。四階には学年共通の大食堂。地下は自主鍛錬用のフロアとなっているので自由に使ってください」

さすが王国一の魔術学園。部屋に加えて自主鍛錬が出来る場所もあるのは至れり尽くせりと言う他ない。

「あっ、個室だからと言ってくれぐれも私物を持ち込みすぎないようにしてくださいね？　変なものを持ち込んだら処罰の対象になりますからね？」

「ちなみに例えばどんなものがダメなんですか？」

純粋な興味からだろう、ティアリスが尋ねるとエマクロープ先生は一瞬考えこんで、わずかに頬を赤らめながら俺の方をちらりと見てからこう答えた。

「それは……あれです。エッチな本とか、です」

「……はい？」

予想の斜め上を行く答えに俺の口から呆《ほう》けた声が出た。

「年頃の子ならそういうものに興味があって当然です。ですがここは王国一の魔術学園であることを忘れないでくださいね！」

「エマクロープ先生の言う通りですよ、ルクス君。そういう本は持ち込んだら絶対にダメですからね！」

「俺を何だと思っているんだ……」

何故《なぜ》か頬を膨らませたティアリスがずいっと顔を近づけて圧をかけてくるが、俺は呆《あき》れてため息すら出ない。そんな俺達のやり取りをエマクロープ先生は微笑《ほほえ》ましそうに見つめていた。

「さて、無駄話はそのくらいにして。ここが三年間過ごす東クラスの寮です。それでは早速中に入りましょう」

そう言いながら綺麗《きれい》な青色の扉を開けたエマクロープ先生に続いて俺達は寮の中へ。ちなみに青は東クラスのパーソナルカラーで、西は白、南は赤、北は黒だそうだ。

入ってすぐの階段を通り過ぎるとソファーや本棚が置かれた談笑スペースにぶつかった。そこから通路は三つに分かれていて、真っ直《ま す》ぐ進むと男女別の大浴場があり、右は男子、左は女子の部屋があるとエマクローフ先生が教えてくれた。ちなみに部屋は二人一部屋だそうだ。

「ルクス君の部屋は110号室、ティアリスさんの部屋は123号室です。明日から本格的に授業が始まるので今日はゆっくりと休んで英気を養ってください」

「色々ご丁寧にありがとうございます、エマクローフ先生」

ティアリスの言葉に合わせて俺達はそろって苦労人の先生に頭を下げる。きっとこの人は常日頃から学園長の無茶ぶりに苛《さいな》まれているんだろうな。

「アハハ……いいんですよ、これが私の仕事ですから。あっ、大事なものを渡し忘れるところでした！」

そう言ってエマクローフ先生がどこからともなく袋を取り出して俺に手渡してきた。中を確認するとそこには青空色の短い外套《がいとう》が入っていた。

「これはあなたが東クラスの一員であると同時にラスベート王立魔術学園で魔術を学ぶ者であることを示すものです。決して失《な》くさず、学園内にいる時は常に身に着けておくよう

に。いいですね？」

「……わかりました」

この外套を着用してようやく学園の一員ということか。ふと隣を見るとティアリスも嬉しそうに笑みを浮かべている。

「よろしい。ではそろそろ私は仕事があるのでこの辺で失礼しますが、最後に一言だけ――ようこそ、ラスベート王立魔術学園へ。ともに果てなき高みを目指しましょう」

それでは、と言い残してエマクローフ先生は寮を後にした。その背中を見送っていると談笑スペースに二つ人影が。

「どうやら説得は成功したみたいで何よりですわ、ティア」

「一時はどうなることかと思ったけど無事同じクラスになれてよかったぜ、ルクス」

「ルビディア、レオ！　二人も東クラスだったのか」

声をかけてきたのは他の誰でもない、入学式で一緒だったルビディアとレオの二人だった。まさかあの場にいた四人全員が同じクラスになるとは偶然にしては出来過ぎだな。

「クラス分けの判定で前代未聞《ぜんだいみもん》の不明という結果になった時はどうなることかと思いましたが、無事に同じクラスになれて何よりですわ、ルクス」

「俺もどうなるか不安だったんだけどな。ティアリスが同じクラスになるように学園長に直訴してくれたんだ」

「学園長が相手でも物怖《ものお》じせずに言うとは……さすがですわ、ティア」

こういう素直に賞賛出来るところがルビディアの美徳だと俺は思う。そしてそれはティアリスも同様で、

「ですがこれでルクス君を妬んで絡んでくる生徒が確実に出てくると思います。その時はルビィ、あなたの力を貸してくださいね？」

「ウフフッ。もちろんですわ。ともにルクスを守りましょう！」

ガシッと固い握手を交わす美少女二人。やっぱり仲が良《い》いな。そして俺は守られる側なのか。それは男の矜持《きょうじ》に関わる由々しき問題だ。

「ちなみにルクスのルームメイトは俺だ。何かわからないことがあったらいつでも遠慮なく聞いてくれ！」

「助かるよ、レオ。その時は遠慮なくお言葉に甘えさせてもらうからよろしく頼む」

ガシッと固い握手を交わす俺とレオ。そんな俺達を見てなぜかティアリスが不満そうに頬を膨らませながらジト目を向けていた。

「……どうしたんだよ、ティアリス？」

「どうせ頼るならレオニダス君じゃなくて妹弟子の私を頼ってくれればいいと思うんです

けど？　思うんですけど⁉」

そう言ってずいっと顔を近づけてくるティアリス。ほんのり怒気が孕《はら》んでいる拗《す》ねた表情をしているが、それがまた何とも言えない可愛《かわい》さがあって思わず口元が緩む。

「むぅ……私は真面目な話をしているのにどうして笑うんですか⁉　酷《ひど》いですよ、ルクス君！」

「いや、別にそんなつもりは……」

「なるほど。ルクス君は思っていることが顔に出やすいタイプなのですね」

「そうみたいだな。もう少し隠す努力をした方がいいとは思うが、ルクスの気持ちもわからないでもないんだよなぁ……」

なんて言い訳しようか必死に頭を回転させている横でルビディアとレオの二人は肩をすくめて呆れていた。

「さぁ、ルクス君！　笑っていた理由を教えてください！　そして困ったことがあればレオニダス君ではなく私を頼ると約束してください！」

しまいには地団駄を踏みだしてティアリスは暴れ出し、ルビディアとレオは巻き込まれたら敵《かな》わないとそそくさと自分の部屋へ戻って行く。

「……ホント、勘弁してくれ」

俺は重たいため息を吐《つ》いて、〝拗ねた顔が可愛かったから〟と言わなくて済む言葉を考えながら、明日から始まる学園生活に大いなる期待と一抹の不安を胸に抱くのであった。

＊＊＊＊

夕食を食べ、ようやく長かった一日が終わろうという頃。俺はいつの間にか部屋に運び込まれていた荷物を解《ほど》きながら、入学式の時に抱いた疑問を解消しようか悩んでいた。

それは他でもない、クソッタレな師匠ことヴァンベール・ルーラーについてだ。レオやルビディアの話を聞いて、ずっと一緒に暮らしていたのに実は俺はヴァンベールという男について何も知らないのではないかと思ったのだ。

「なぁ、ルクス。これから卒業するまでの三年間、ルームメイトとしてやっていくにあたって聞いておきたいことがあるんだけどいいか？」

「改まってなんだよ？　というか顔が近い。俺に答えられることなら何でも話すからいったん離れてくれ」

「悪い、悪い！　馬鹿げた圧と魔力を持っている剣を見たら興奮しちまってよ！」

そう言ってレオが興奮した様子で指差したのは、壁に立てかけて置いた俺の剣【アンドラステ】だった。

「曲りなりにも俺は貴族の生まれだからな。魔力を帯びた武器は幾つも目にして目が肥えているほうだけど……その剣は一級品を通り越して特級品だ！　一体どこで手に入れたんだ⁉」

「なるほど、そういうことか。でもこの剣は師匠が俺に唯一残してくれたものなんだ。ただレオが言うほど凄《すご》い代物かどうかはわからないけどな」

俺にとってこの剣は師匠の形見であり異様に手に馴染《なじ》む無二の相棒だ。この剣の逸話については師匠から聞かされたが、あまりに突拍子がなくて信じていない。いくら何でも神様が鍛えた剣というのは与太話にも程がある。

「おいおい。マジで言っているのか？　俺も専門家ってわけじゃないから断定出来ないけど、もしかしたらその剣は神話の時代の〝記憶〟を持っている可能性があるぞ。まぁヴァンベール・ルーラーが託すくらいだからそれくらいでちょうどいいと言えばちょうどいいんだけど……」

神話の時代の記憶を持っているとはどういう意味なのか気になるところではあるが、それよりも師匠の名前が出たので俺の方からも質問をするか。

「なぁ、レオ。俺からもお前に聞きたいことがあるんだけどいいか？」

「俺としちゃ剣についてもう少し聞きたいところだけど……いいぜ、俺に答えられる範囲でよければ何でも聞いてくれ！」

ルームメイトになった記念だ、と言いながら快活な笑みを浮かべるレオに俺は内心で感謝しつつ早速本題に入った。

「俺が聞きたいのはクソ師匠……ヴァンベール・ルーラーについてだ。レオの知っているあの人の話を教えてくれないか？」

「ん？　別に構わないけど……どうしてそんなことを知りたいんだ？　むしろヴァンベール・ルーラーについてはお前の方が知っているんじゃないのか？」

レオはわけがわからないと言わんばかりに首を傾《かし》げた。確かに、あの人と十年以上一緒に暮らしてきた俺以上にヴァンベール・ルーラーという男を知っている者はそういないだろう。だが、

「ティアリスやルビィ、レオの話を聞いているとどうやらあのクソ師匠には俺の知らない一面があるみたいだからさ」

「確かにそう言われればそうだ。俺からしたらどうしてルクスがあの人のことを〝クソ師匠〟って呼ぶのかさっぱりだ。その辺のルクスの認識を改めるにはいいかもな」

「だろう？　だから俺の知らないヴァンベール・ルーラーのことを色々教えてほしいんだ

よ」

「任せろ！　と言ってもどこから話すかなぁ。そもそもルクスはあの人が〝龍傑の英雄〟って呼ばれていることを知っているか？」

レオの問いかけに俺は首を横に振る。そう言えば以前ティアリスとルビディアも同じようなことを言っていたが、あのクソッタレな師匠にそんなカッコいい呼び名は似合わない。

「そもそもあの人が有名になったのは今から十六年前。ティアリスも答辞で触れていた〝大災害〟をたった一人で鎮《しず》めたことがきっかけなんだけど、聞いたことあるか？」

十六年前に起きた大災害——通称〝バスカビルの大災害〟——とは、ラスベート王国の王都ファーミア郊外にあるバスカビル大森林に棲息《せいそく》している魔物が突如一斉に狂暴化して王都に侵攻して来た事件だとレオは語った。

「この〝バスカビルの大災害〟で少なくない数の村や人が被害にあってな。まぁ数千にも及ぶ魔物が王都目指して一斉に侵攻をしたんだから当然だよな。このラスベート王国始まって以来のこの危機をたった一人で解決しちまったのが他でもない、ヴァンベール・ルーラーだったんだよ」

「それは……凄《すさ》まじいな」

「当時ヴァンベールさんは【アルシエルナイツ】の隊長でな……あっ、【アルシエルナイッ】については知っているか？」

隊長をやっていたことは初耳だがその部隊の名前は知っている。

ラスベート王国が世界に誇る最強の少数精鋭の魔術師部隊。それが【アルシエルナイツ】だ。その隊長ともなれば名実ともに世界最強であり、同時に世界の希望と言っても過言ではない。

「侵攻して来る魔物の大群の中には危険度Aランク以上の化け物もいたらしいんだけど、それをたった一人で全滅させたんだ。そしてこの偉大な功績を称《たた》えて陛下が〝龍傑の英雄〟って賞賛したんだよ。どうだ、すごいだろう？」

まるで自分のことのように興奮気味に話すレオ。この話が本当だとしたらクソッタレな師匠は紛れもない英雄、絵物語に描かれる勇者そのものだ。

「理不尽なくらい強いのはわかっていたけど……まさかそんな大それたことをやってのけていたなんて知らなかったよ」

「ヴァンベール・ルーラーは誰よりも強く、逞《たくま》しく、勇敢で、まさにおとぎ話に出てくる正義の味方だった。そんなあの人に俺は憧れていてさ。いつか【アルシエルナイツ】に入るのが夢なんだ」

そう話しながら子供のように瞳をキラキラと輝かせるレオ。よりにもよって正義の味方とは。酒を飲んで酔い潰れるかギャンブルで金を失《な》くしていた人とはまるで別人だな。

「これは死んだ親父《おやじ》の代わりに魔術のイロハを教えてくれた叔父さんから聞いた話なんだけど……あの人は〝救える命は全て救う〟が口癖だったらしいぜ？　信じられないよな」

そう言ってレオは苦笑いを零《こぼ》した。

確かにそれはあまりにも荒唐無稽な信念だと笑い飛ばしてやりたいが、クソ師匠なら平気な顔でやってのけそうだ。そういえば、アストライア流戦技の真髄は護国救世の活人剣。誰もが希《こいねが》っては諦めた理想論を叶えるだけの力をあの人は持っている。

ふと俺はかつて師匠に言われたことを思い出した。

――お前は俺なんかとは比べ物にならないほどの才能と唯一無二の力を持っている。その力で世界を守れとは言わないし、全てを救おうなんて馬鹿なことは考えるな――

この話をした時の師匠は血が滲《にじ》むほどきつく唇を噛《か》みしめ、苦痛、絶望、後悔、贖罪《しょくざい》の念、あらゆる負の感情が入り混じった顔をしていた。

全てを救おうとした人がどうしてそれを馬鹿なことだと言ったのだろうか。なんてことを考えている俺に気付くことなくレオは話を続ける。

「でもその言葉通り、あの人が隊長をやっていた二年間で捕まえた外道魔術師や壊滅させた犯罪組織が多かったのは事実でさ。それも含めてあの人は英雄って呼ばれているんだけど……それでも大本の【終焉《しゅうえん》教団】だけは潰せなかったんだよな」

「終焉って……また随分と物騒な名前の組織があるんだな」

「あぁ、なにせ世界の滅亡を悲願としているような連中だからな。ラスベート王国で起きる魔術犯罪の大半はこの組織が絡《から》んでいるっていわれている諸悪の根源。それが終焉教団だ」

レオ曰《いわ》く、クソッタレで英雄の師匠は長年謎に包まれていた終焉教団の教祖を突き止めて捕縛、そして組織の壊滅まであと数歩まで迫ったところで【アルシエルナイツ】を辞めてしまったそうだ。その理由は未《いま》だに謎らしい。

きっと人には言えない事情があったんだろうと俺は思ってる。まぁそれが子育てのためだったって言われたら反応に困るけどな」

「……違いない。正義の味方の引退理由が子育てとか冗談にしても笑えない」

それにしても。レオの話を聞いてますますクソ師匠のことがわからなくなった。

俺が知っているヴァンベール・ルーラーという男は酒好き、ギャンブル好きで俺が家事をしなかったら数日と経《た》たずにそこらで野垂れ死にするような人だ。けれど剣と魔術の鍛錬になると死んだ方が楽なんじゃないかと思うくらいの地獄を課してきた。

果たしてどれが本当のヴァンベール・ルーラーなのだろうか。何故《なぜ》、師匠は全てを救おうとすることを馬鹿なことと言ったのか。

確かに全てを救うなんていうのは究極の理想で、それこそ神様でもないと叶《かな》えることが出来ない絵空事だ。だけど全てを救える力があるのなら俺もきっと――いや、よそう。それこそ馬鹿げた話だ。

「まぁ色々話したけど、別にそんな思いつめることはないと思うぜ？　大事なのはお前が知っている、あの人と過ごし、積み重ねてきた時間の方だ。過去の偉業なんて気にすることねぇよ」

「……それもそうだな。色々教えてくれてありがとう、レオ」

「俺としてはあの英雄の私生活がどんなもんだったか聞かせてほしいけどな」

「残念だけどレオ、世の中には知らない方が幸せなこともあるんだよ……」

幕間《まくあい》　暗躍する者達

黄金の月が空に浮かび、静寂が支配する王都の街並みを陽気な足取りで進む一つの影があった。フードを目深《まぶか》に被《かぶ》りつつ、今にもスキップをしそうなほど楽しそうに鼻歌を口ずさんでいるが、その手に握られている真紅の槍《やり》は不気味なほど赤黒く濡《ぬ》れていた。

「ラスベート魔術師団も質が落ちたもんだな。やっぱりアイツがいないとダメだな」

やれやれと肩をすくめながらぼやく声は男のもの。目深に被っていたフードを鬱陶しそうに外し、月明かりに照らされて露《あら》わになった容姿は獰猛《どうもう》な野獣のようだった。

「浮かない顔をしていますね、ダベナントさん。どうですか、十五年ぶりに王都へ戻ってきた感想は？」

男――名をダベナント・キュクレインという――の背後の空間がぐにゃりと歪《ゆが》み、闇を模したような純黒のローブを纏《まと》った人物が現れた。

「どうですかも何もねぇ。ただただ最悪だよ。古巣と戦えるっていうからあんた等からの依頼を受けたっていうのになんだよこの体《てい》たらくは。ちょっと留守にしていた間に随分と平和ボケしたもんだな、王都の魔術師どもは」

「確かにラスベート魔術師団はダベナントさんがいた頃と比べると多少質は落ちましたが、【アルシエルナイツ】は未《いま》だ健在ですよ」

「フンッ。当然だろう。むしろ【アルシエルナイツ】まで弱くなっちまっていたらこの世界はとうの昔にあんたら【終焉教団】の手にかかっていただろうよ」

そう言いながらダベナントは嘆息するが、ローブの人物は何が面白いのかクックッと喉を鳴らして肩を揺らす。

「だからこそ私達は悲願成就《じょうじゅ》に向けて日々邁進《まいしん》しているのです――とまぁ無駄話はこの辺にしておきましょう。ダベナントさん、首尾は如何《いかが》ですか？」

「今のところは上々だ。ご依頼通り、指定された場所で魔術師団所属の魔術師を殺してその血で魔術刻印を刻んでおいたぜ。ただそろそろ気付かれるかもな」

「そうですね。いくら平和ボケしたといっても仲間が二人も殺されたとなれば本腰を入れて犯人を捜し出すことでしょう。問題ありませんか、〝雷禍《らいか》の魔術師〟さん？」

ローブの人物の問いが意味することはすなわち、仲間を殺されたラスベート魔術師団による報復だ。犯人捜しなど生ぬるい、問答無用の鏖殺《おうさつ》だ。けれどダベナントは臆するどころか口角を吊《つ》り上《あ》げて過激な殺気を放ちながら、

「それは愚問ってやつだぜ、依頼主様。俺としちゃむしろ魔術師団じゃなくて【アルシエルナイツ】と一戦交えたいくらいだ。奴《やつ》らの血で刻印を描けばさぞいい触媒になるんじゃねぇか？」

「フフフッ、さすがはダベナントさん。頼もしいお言葉ですね。外道魔術師として世界に名を轟《とどろ》かせるだけのことはありますね。ですが【アルシエルナイツ】と交戦はどうかお控えを。彼らに動かれたら計画が潰れる恐れがありますから」

「チッ、つれねぇな。最年少で【アルシエルナイツ】に入った噂《うわさ》の天才とも戦いたかったんだが……まぁいいさ。それ以上の報酬《楽しみ》があるんだよな？」

「もちろん、とびきりのモノを――ラスベート王国が誇る〝龍傑の英雄〟、ヴァンベール・ルーラーの忘れ形見をね」

第4話　波乱の学園生活

色々あった入学式から一夜明け。

制服に袖を通し、教科書などと一緒に配布された木剣を腰に挿して俺はティアリス達と並んで校舎に向かって寮を出た。

現在時刻は八時をわずかに過ぎたばかりだというのに、同じ制服に身を包んだ学園生からチラチラと向けられる視線が妙に殺気だっている。

「どうしたんですか、ルクス君？　顔がげんなりしていますよ？　もしかして授業初日から嫌になったんですか？」

初日の朝から俺が精神的ダメージを負っている原因が自分にもあるということに、この美少女様はどうやら気付いていないらしい。

「別にそういうわけじゃない。ただ同じクラスでも一緒に校舎に向かうのは止《や》めた方がいいなって思っただけだ」

「どうしてそんなつれないことを言うんですか？　こう見えて私もこれから始まる学園生

活に、期待だけじゃなく不安も抱いているんですよ？　そんな私をルクス君はほったらかしにするというのですか？　それが兄弟子のすることですか？」

頰をわずかに膨らませながらずいっと顔を近づけてくるティアリスに思わずたじろぐ。衆人環視の中でこういうことをするのはあらぬ誤解を招くだけだから勘弁していただきたい。

「可愛《かわい》い妹弟子を不安にさせていいんですか？　それともルクス君は私が泣いていても平気な顔で登校出来る鋼の精神力を持っているんですか？」

「わかった。わかったからそれ以上顔を近づけないでくれ。明日からも一緒に登校するから……」

「フフッ。最初から素直にそう言えばいいんです。あ、そうだ。教室でも隣の席に座りましょう！　魔術のこととか色々教えてくださいね！」

「いや、それはこっちの台詞《せりふ》だよ。色々教えてくれると助かる」

俺の知識は師匠譲りだからな。これから始まる学園の授業で通用する保証はどこにもない。むしろ苦労するのは目に見えているのでティアが一緒だと非常に心強い。

「あら、そういうことでしたら私を頼ってくれてもよろしいのですよ？」

サワァッと優雅に前髪をかき分けながらそう言うのは縦ロールが特徴的な美少女、ルビディア・ヴェニエーラ。細かな仕草の一つ一つに気品があるのだが嫌味に感じないのは彼女が本物のお嬢様だからだろう。

「困りごとがあったらティアではなくまずは私に相談してくだされぱいいものを。クラスメイトのよしみで手取り足取り優しく教えて差し上げますわよ？」

「残念ですがルビィ、あなたの出番はありません！　さぁ、ルクス君。こんな脳筋は放っておいて行きましょう！」

「お待ちなさい、ティア。校舎に向かう前に話しておくべき大事なことがありますわよ」

俺の手を取って足早に離れようとするティアリスの首根っこを、ルビディアがわざとらしく咳払《せきばら》いをしながら摑《つか》んだ。うげっと女の子にあるまじきカエルが潰れたような声が隣から漏れる。

「うう……そうでした。特待枠のルクス君が適正クラス無しになったことで絡《から》んでくる生徒の対策を考えるのを忘れていました」

「有象無象はいいとして、厄介なのはティアのユレイナス家を除いた〝始まりの四家〟ですわね。血統主義の彼らがルクスのようなイレギュラーを見逃すはずがありませんわ」

「確かに……それに今年は数世代ぶりに四大魔術名家が一堂に会する奇跡の年ですからね。彼らの取り巻きを含めて何かしらの嫌がらせをしてくることは確実ですね」

「特に面倒なのは西クラスのエアデール家ですわね。入学したのは長男のアーマイゼ、でしたか？　そう言えば彼は――」

「はい……エアデール家の長男のアーマイゼ君からは何度も交際を申し込まれています。そのたびにお断りをしているんですが中々諦めてくれなくて……」

そう言ってティアは苦笑いを浮かべた。ティアリスほどの美少女ともなれば交際を申し込む男子は山ほどいるだろうし、何よりユレイナス家はラスベート王国を代表する大貴族。許嫁《いいなずけ》がいてもおかしくないくらいだ。

「アーマイゼ・エアデール。適性は風属性の単一ですが、その分風系統の魔術の練度はかなりのものだと聞いたことがありますわ」

ティアリスやルビディアのように魔術適性が複数あると効率的に使える魔術が増えることを意味するが、だからといって魔術適性が一つしかない者が劣っているかと言えば必ずしもそうではない。

魔術適性が複数あるということは、その分だけ覚える魔術の数が増えるし鍛錬も人並み以上に積まないといけない。いくら綺麗《きれい》な宝石でも磨かなければ輝かないのと同じで、才能に胡坐《あぐら》をかいて修練を怠ればただの器用貧乏になってしまう恐れがある。

その点、適性が一つなら迷うことなくひたすらその技を磨き続ければいいので魔術の練度は上がりやすく、いち早く一人前の魔術師になれる。一芸特化で生き残れるほど甘い世界ではないのだが。

ちなみに大成しやすいのは魔術適性が一つ、ないしは二つの魔術師で、三つ以上の魔術適性を有している魔術師は歴史に名を残すと謂《い》われている。

「ルビィの言う通り、風属性の魔術ならアーマイゼ君は私より練度は上です」

「へぇ……ティアリスがそこまで言うのか。会うのが楽しみだな」

早く手合わせをしてみたいな。出来ることなら魔術ありの実戦がいい。同世代の魔術師に自分の力がどこまで通用するのか気になる。

「……ちょっとティア。もしかしてルクスは戦闘狂なのですか？　普通ならここは嫌がるところだと思うのですが……」

「ルクス君も男の子ってことですよ、ルビィ」

フフッと口元に手を当てて優雅に笑うティアリス。ルビディアはハァと大きなため息を吐《つ》いて肩をすくめる。何だろう、あらぬ誤解を受けている気がする。

「断っておくが俺は戦闘狂ってわけじゃないからな？　単に師匠以外と実戦形式の手合わせをしたことがないからそれで――」

「――そういうことなら今すぐ僕と戦うか？」

背後から、今にも斬りかかってきそうなほど鋭い殺気の籠もった声がして、振り返ってみるとそこに立っていたのは三人の男子生徒。その真ん中に立っている人物――緑髪のまだあどけなさはあるが整った顔立ちの少年――がどうやら殺気を滾《たぎ》らせている犯人のようで、

「【オラクルの水晶玉】に選ばれなかったくせに普通に学園に通えるなんてね。上手《うま》いこと学園長に取り入ったじゃないか」

開幕早々ずいぶんな言われようだな。向こうは俺のことを知っているみたいだが、あいにく俺は彼のことを知らない。そして彼は誤解しているが、俺がこうして学園の制服に袖を通すことが出来たのは他でもない学園長の決定によるのだが、それを否定するというのだろうか。

「だが僕はキミをラスベート王立魔術学園の生徒として認めない。キミのような不確定な存在はこの学園には相応《ふさわ》しくない！」

腰に挿している剣の柄に手をかけながら力強く叫ぶ謎の男子生徒。さて、なんて返そうかと俺が悩んでいると、口を開いたのは隣に立っている二人の美少女だった。

「アーマイゼ君。その言葉、今すぐ撤回してください。ルクス君はラスベート王立魔術学園に相応しい人です！」

「アーマイゼ。寛容な私でもルクスに対する今の言葉は看過出来ませんわ。撤回を要求します」

ずいっと俺の前に移動しながら二人は言った。これでは本当に女の子に守られているだけの情けない男になってしまう。

「ティアリスさん、キミはその男に騙《だま》されているんだ。【オラクルの水晶玉】で判定が出なかったことは過去に一度もないんだよ？　きっとこの学園に相応しくないから水晶玉はそう判定したんだ」

優しく諭すように謎の男子生徒ことアーマイゼはティアリスに話しかけるが、それが却《かえ》って彼女の怒りを増長させていることに気が付いているだろうか。現に彼女の頬は徐々に膨らんでいる。

「それに彼はティアリスさん達に庇《かば》ってもらうばっかりで自分では何も言い返してこない。情けないとは思わないかい？　そんな奴と一緒にいたらダメだよ、ティアリスさん」

トンとティアリスの肩に手を置きながらアーマイゼは言った。ティアリスがその手を払いのけようとするより早く俺は二人の間に割って入る。アーマイゼは驚愕《きょうがく》の表情を浮かべ、ティアリスはどこか嬉《うれ》しそうな顔をする。

「口を開かなかったのは何もビビっていたからじゃない。知らない相手と話したらいけませんって師匠から言われていてね。あと今すぐティアリスから手を離してもらえるかな？」

努めて優しく笑顔で俺は言った。この程度の安い挑発で怒るほど俺は子供じゃない。ティアリスに馴《な》れ馴れしく触れたのが少し、ちょっと、ほんの少し、イラッとしただけだ。

「キ、キミは僕のことを知らないのか⁉」

「残念ながらつい最近まで田舎暮らしだったものでね。名乗ってくれないとキミがどこのアーマイゼ君かわからない」

「僕の名前がアーマイゼだって知っているじゃないかっ！」

ダンダンとその場で地団駄を踏むアーマイゼ・エアデール。だってティアリスとルビディアが名前を呼んでいたからな。というか面白い反応をするな。

「馬鹿にしやがって……！　授業が始まったら覚えておけよ！　僕に喧嘩《けんか》を売ったこと、絶対に後悔させてやるからな！」

フンッと顔を真っ赤にさせながら捨《す》て台詞《ぜりふ》を吐き捨てて、アーマイゼは二人の取り巻きを連れて足早に去って行った。

「噂《うわさ》をすればなんとやらですね。まさかアーマイゼ君がいきなり現れるなんて思ってもみませんでした」

「ティアに会いたくて待ち伏せしていたのかもしれませんわね。偶然を装《よそお》って一緒に登校したかったとか……ありえますわね」

「いくらなんでもそれはありえないだろう」

もし仮にルビディアの言う通りだったとしたら、アーマイゼのティアリスに対する想《おも》いは度が過ぎているように思うが、友人らしき二人もいたから十中八九偶然だな。そう思うことにしよう。

それにしても学園生活はまだ始まってすらいないのに四大魔術名家の一人に目を付けられることになるとは。手合わせはしたいがそれ以上の面倒事にならないことを祈るばかりだ。

＊＊＊＊

ラスベート王立魔術学園は三年制。入学時に決められたクラスメイトとは卒業するまでの間、一部の例外を除いて苦楽を共にすることになる。

昨日はクラス分けの途中で俺は席を離れたし、寮に行ってからもレオといるかティアリス達と一緒にいるかだったので皆の顔も名前もまだ覚えていない。期待と不安を抱きながら俺は東クラスの教室に足を踏み入れた。

　俺達に気付いた瞬間、すでに中にいて楽しそうに談笑していた生徒達は口を閉じ、一斉に視線をこちらに向けてきた。そこに込められている感情は興味と羨望《せんぼう》、そしてほんのわずかな嫉妬といったところか。

「後ろの席がまだ空いているみたいですね。これならルクス君と並んで座れそうですし、わからないことがあったら教え合いが出来ますね」

　そんな視線など一切気にすることなく、ティアリスが指差したのは一番後ろの列の窓際《まどぎわ》の席。前の席にはすでに男子生徒が座っているが、運の良《い》いことに横並びで三つ空いている。

「ちょうどいいですわね。これならいつでもルクスの質問に答えてあげることが出来ますわ」

「……ちょっとルビィ。どうしてさも当然のようにルクス君の隣に座ろうとしているのですか？」

　バチバチと火花を散らす二人を無視して俺は空いている席に腰を下ろす。隙あらば言い争いをするのは勘弁してもらいたいものだ。

「モテる男は大変だな、ルクス」

遅れて教室にやって来たレオが俺の肩をポンと叩《たた》きながら声をかけてきた。起きた時間も朝食を食べた時間も同じなのにどうして出る時間が遅くなったんだ。

「そう思うなら少しは助けてくれてもいいんじゃないか、レオ」

「ハッハハッ！　冗談はよしてくれ。こうなることがわかっていたからわざと寮を出る時間を遅くしたんだよ」

巻き込まれたくないからとレオは言いながら、しかし俺の斜め前の席に荷物を置いた。何だかんだ言いながらすぐ近くに座ってくれる辺り、やっぱりレオは良い奴《やつ》だ。

「ねぇ、ティア。ルビィ。提案があるのですが……ここはひとつ休戦といたしませんか？」

「奇遇ですね、ルビィ。私も同じことを提案しようと思っていたところです」

俺とレオのやり取りを横目で見て、いがみ合っていたはずの二人が突然の休戦協定を結び、俺を真ん中の席に押しやり、挟むようにして席に着いたのと教室の扉が開いたのはほとんど同時だった。

入ってきたのは長身痩躯《そうく》の黒髪の男性。眉間にしわを刻み、表情には覇気がなくどことなく疲れているように見える。

「おはよう、諸君。早速だがホームルームを始める」

騒がしかった教室が静まり返り、にわかに緊張が漂い始める。俺も背筋を伸ばして彼の次の言葉を待つ。

「まずは入学おめでとう。私の名はロイド・ローレアム。キミ達が卒業するまでの三年間、東クラスの担任を受け持つことになった。よろしく頼む」

軽く頭を下げるロイド先生にパチパチと拍手が起こるがそれをすぐに手で制して、

「そしてようこそ、魑魅魍魎《ちみもうりょう》が跋扈《ばっこ》する地獄の世界へ。私はキミ達を歓迎する」

静かな声で、ロイド先生は夢と希望にあふれた生徒達の心をあえてへし折るかのように言葉を口にした。それを聞いて唖然《あぜん》とする生徒達。この名状しがたい空気を一切気にすることなくロイド先生は話を続ける。

「魔術の世界は実力社会だ。そこに貴族や平民といった血統は関係ない。チャンスはみな平等にあり、なり上がるのも落ちぶれるのも一瞬だ。故に、強くなれ。私からは以上だ。それでは本日の予定について説明する――」

ロイド先生の言葉は厳しいもので、ティアリスやルビディアですら苦笑いを浮かべている。だけど俺の気分は不思議と高揚していた。

「強くなれ、か。師匠の口癖だったな。でも……そうだな。これくらいわかりやすい方が俺の性にはあってるな」

師匠の失踪。俺の力の秘密。わからないことはたくさんある。だけど結局いくら考えたところですぐに答えは出ない。それならまずは今までのように――師匠としてきたように――己を鍛えて強くなろう。そのお膳立ては十分すぎるほど整っている。ロイド先生の説明を聞きながら俺は改めて決意をし、ラスベート王立魔術学園での修練の日々が幕を開けた。

その記念すべき一回目の授業は『魔術歴史科』。それを担当するのが、

「はい、は――い！　新入生の皆さん、おはようございますっ！　私は皆さんと同じ新入生の西クラスの担任のエマクローフ・ウルグストンです！　気軽にエマ先生って呼んでね！」

今日のエマクローフ先生はタイトなミニスカートにジャケットを羽織っており、一見すると清楚《せいそ》に見えるが、今にも零《こぼ》れ落《お》ちそうになっているたわわな二つの果実が艶美な色香を醸《かも》し出《だ》していた。

とても教職者とは思えぬ色香で、あっという間にレオを始めとした男子生徒の心を鷲摑《わしづか》みにした。対する女子生徒の表情は険しい。特に俺の両隣の美少女はまるで親の仇《かたき》を見るような目をしている。

入学式の日にも思ったけど、学園の風紀が乱れているのだとしたらその原因の一つは間

違いなくこの人だ。

「私が皆さんに教えるのは魔術の歴史ですが、それをより深く理解するためにもまずは私達が住んでいるラスベート王国についておさらい程度に勉強しましょう！」

ニコリと満面の笑みを浮かべてエマクローフ先生が言うと、男子生徒達が元気よく〝はいっ！〟と頷《うなず》いた。魅了の魔術でも使っているのかと疑いたくなるくらい単純だな。ちなみに返事をした中に前の席のレオも含まれている。

「私達が住んでいるラスベート王国は建国されてから百年弱が経《た》ちますが、他国と比べると歴史はまだまだ浅い国です。ですが国力においては【アニマレーヴェ大陸】において一、二を争うほどの強大さを有しています。ここまで至ることの要因は何だと思いますか？」

「魔術師の育成に力を入れているから、ですか？」

生徒の一人の解答にエマクローフ先生は満足そうに頷いて、

「その通りです。ラスベート王国は他国と比べても魔術師の育成に特に力を注いでいますし、それと同じくらい魔導技術の研究、開発にも力を入れています。その最大の功労者がアンブローズ学園長なのです！　世界最高の魔術師と呼び声高い学園長がいるからこそ、ラスベート王国は魔術立国として世界に名を馳《は》せることが出来たと言っても過言ではありません！」

この辺りのことは師匠の本で読んだから知っていたけど、改めて聞くとアンブローズ学園長ってやっぱりすごい人なんだな。

「ですがさすがのアンブローズ学園長といえども0からここまで築き上げたわけではありません。土台となっているのが今からおよそ百年前に存在し、突如滅びた大陸一の魔術大国【アストライア王国】です」

魔術大国として大陸一の力を持っていた【アストライア王国】。争いを嫌い、世界平和を第一に掲げ、自国の技術を世界の発展のためならばと惜しむことなく他国に提供していた人道国家。

しかしそれがある日突然、何の前触れもなく一夜にして国を支えてきた数多くの優秀な魔術師達が王家もろとも死に絶え、終焉《しゅうえん》を迎えてしまった。

「アストライア王国の滅亡については私を含めた多くの研究者が調べているけどさっぱりわかっていません！　王家で内乱があったのか、それとも他国の陰謀か。何一つとしてね。いやぁ、ホント研究者として恥ずかしいかぎりです！」

アッハッハッとあっけらかんと笑うエマクローフ先生。

師匠が持っていた多くの本の中にはアストライア王国が滅亡した理由の明記はなく、ただ一言〝一夜にして滅びた〟としか書かれていなかった。

「ただ言えることは、アストライア王国が残した魔導技術や魔術師育成のノウハウがあったからこそ、ラスベート王立魔術学園や今日《こんにち》のラスベート王国があるということです！」

大事なのは今です！　と付け加えた。わからないことをあれこれ考えても仕方がないし、極論を言えばアストライア王国が滅びた理由なんて大多数の学園生にとって関係のない話だ。

「ではそろそろ本題のラスベート王国についての話に入りましょう。アストライア王国が滅びた直後、故郷を失い、不安と焦燥に駆られ、戸惑う民衆の前に御使《みつか》いと崇《あが》められている一匹の龍が現れました」

龍。それは神話の時代に存在しており、神を除いたすべての生命体の中で頂点に君臨する最強の幻想種である。その中において神であっても封印するしかないほど、強大な力を有していたと謂《い》われている龍がいる。

「その龍が一人の男に国を導くように神の言葉を伝えたのです。その男こそ、ラスベート王国初代国王である【イグナ・ラスベート】様です！　そしてイグナ様に神の言葉を伝えた龍というのが【ティアマト】。建国龍として国旗にも描かれている我が国の守り神です！」

エマクローフ先生が話し始めたラスベート王国建国と龍にまつわる伝説。だがこれは俺が師匠から聞いていた話とはずいぶんと違うものだった。

混沌《こんとん》より生まれ、世界に終焉をもたらすという災厄の龍。それが【ティアマト】であり、師匠が持っていた本には神が地上から去った原因となる神話の戦争、【黄昏の終焉大戦《ティタノマキア》】において数多くの神々を滅ぼしたと記されていた。

そんな悪の原点と言って差し支えない龍が、ラスベート王国では建国龍として人々に崇められているのは不思議でしょうがない。

ぼんやりとエマクローフ先生の講義を聞きながら、俺は〝アストライア〟という名について考えてみる。

俺が師匠に叩き込まれた技の名は【アストライア流戦技】。今まで疑問に思ったことはなかったが、何故《なぜ》この戦技に〝アストライア〟の名が冠されているのだろうか。

「もしかしてこの滅びた王国と何か関係があったりして……？　いや、考えすぎか」

なんてくだらないことを考えている間もエマクローフ先生の講義は続いており、気が付けばクラスメイト達は熱心にメモを取っている。

ふと隣に座っているティアリスを見ると彼女もまたペンを止めて思案顔になっていた。

その愁《うれ》いを帯びた横顔に思わず見惚《みと》れて俺の手は再び止まる。

「ん？　どうしたんですか、ルクス君？　どこかわからないところでもありましたか？」

俺の視線に気が付いたのか、ティアリスが小首を傾《かし》げながら尋ねてきた。陰は霧散し、口元に浮かぶ女神の如《ごと》き穏やかな笑みに心臓がドクンと跳ねる。

「い、いや、何でもない。気にしないでくれ」

「ダメですよ、ルクス君。わからないところをそのままにしていたら後々大変なことになってしまいます。ですから遠慮しないで何でも聞いてくださいね？」

身体《からだ》をグイッと寄せながら優しく微笑《ほほえ》むティアリスに頰が熱くなっているのを悟られたくなくて、俺はさっと顔を背ける。

「フフッ。どうしたんですか、ルクス君？　顔が赤くなっていますよ？」

「……気のせいだ。だから近寄るな、身体を寄せるな！」

いつの間にか女神から小悪魔にジョブチェンジをしたティアリスが全力でからかってくる。だが忘れてはならない大事なことがある。それは――

「――仲睦《むつ》まじいのは何よりですが今は授業中ですわよ、お二人さん？」

笑顔で額に青筋を浮かべたルビディアに注意された。気付けばエマクロープ先生は苦笑いをしているし、生徒達からも殺気やら羨望《せんぼう》やらがごちゃ混ぜになった視線を向けられている。

「……ごめんなさい」

「申し訳ありませんでした」

俺は素直に頭を下げ、ティアリスは恥ずかしそうに頬を赤くしながら謝罪をするのだった。

＊＊＊＊

「入学試験に合格したみなさんにとっては今更なこととは思いますが、今日は魔術の基礎について話していこうと思います」

続いての授業は『魔術技能科』。教壇に立っているのは整った顔立ちに理知的な眼鏡をかけた、柔和な笑みが特徴の物腰柔らかな男性教師。

先生の名前はマックール・ストークマン。新入生の北クラスの担任でもある。さらにいうとロイド先生とは同級生でもあるそうだ。

「そもそも魔術とは、神様が地上から去る際に我々非力な人間に与えた、世界を変革する奇跡の力です」

神様は【黄昏の終焉大戦《ティタノマキア》】を終結させて地上を去ったのだが、その際に自身が振るっていた〝魔法〟という奇跡の力を劣化させて人の身でも使えるようにして授けた。それが

〝魔術〟である。

「ちなみに神様が我々に残してくれた力は魔術の他に〝戦技〟というものがあります。こちらはかつて神々が振るったとされる技で、魔術に匹敵する奇跡を引き起こすことが出来ますが、これは一門秘伝の技術なのでこの授業では割愛します」

戦技にはアストライア流やヴェニエーラ流などの流派があり、師匠曰《いわ》くその取得には魔術とは異なる才能が必要ということ。

「話を戻しましょう。魔術を発動するために必要となる詠唱は世界を変革して奇跡を起こすための許可を星に願う祈りであり、魔力はその対価に支払う通行料と考えてください。故に詠唱は正しく理解しておくことがとても重要なのです」

そう言ってマックール先生は黒板にツラツラと綺麗《きれい》な字で各属性の基本となる呪文の単語を書いていく。

「詠唱の冒頭はどの属性の魔術を使うかを示すことです。例えば火属性なら最初は〝火炎よ〟から始まります。その後は生み出した火をどうするかを示していき、最後に対価として魔力を支払うことで魔術が発動します」

話しながら黒板に言葉を書き足していき、最終的に〝火炎よ、弾丸となり爆《は》ぜろ〟という詠唱が完成した。

「これで発動するのは火属性第二階梯《かいてい》魔術《イグニス・バレット》です。では次に魔術の階梯の話をしましょう。

一般的に魔術には術の威力、取得難易度などによって階梯という形でランク付けがされています。この階梯は一から八に分かれており、数字が上がるにつれて取得難易度は高く、魔力の消費も激しくなっていきます。しかしその分威力や防御力などは上昇していきます」

教室にざわめきが起こる。魔術を学ぶと誰もが高ランクの魔術に憧れる。それこそ最高難易度にもなれば限りなく魔法に近い奇跡を起こせるとさえ言われている。しかし――

「予《あらかじ》めみなさんに言っておきます。学園生の内から階梯の高い魔術の修得を目指さないでください。はっきり言って時間の無駄です」

沸いた歓声が一瞬で沈黙へと変わる。隣に座っているティアリスはあははと苦笑いをし、ルビディアは腕を組んで当然ですわと頷いている。ちなみに前の席のレオはどうしてだよおと頭を抱えている。

「優れた魔術師の指標として〝どの階梯の魔術まで扱うことが出来るか〟は一番わかりやすいものです。ですがそれはあくまで目安。現にラスベート魔術師団に所属している魔術師の多くは第三から第四階梯魔術までしか使えませんし、私やみなさんの担任のロイド先生も学生の時に修得したのは第四階梯までです」

　その理由は至って単純ですと前置きしてから話を続ける。

「第五階梯以上は才能の世界だからです。人の枠から一歩はみ出した存在とでも言いましょうか、超えられない壁というやつです」

　苦笑いで肩をすくめながら身も蓋もないことをマックール先生は言った。あまりの発言に言葉を失う生徒達に向けてマックール先生は話を続けた。

「残酷な話ですがこれは紛れもない事実です。けれど現時点でみなさんが第五階梯以上の魔術を修得出来ないと決まったわけではありませんよ？　いつの日か突然才能が開花するかもしれませんからね」

「そ、それならどうして修得しようとしてはいけないんですか？　学生のうちから取り組んだ方がいいと思うのですが？」

「修得出来るかわからない高階梯の魔術に精を出すくらいなら、今は確実に修得出来る低階梯の魔術を覚えて修練を積み、卒業する頃には十全に扱えるようになっている魔術師の方がよっぽど優秀です」

　マックール先生は笑みを絶やさず、しかし力強く断言する。

「なのでみなさんには少なくとも今日から卒業までの三年の間に、自分の適性がある属性の第四階梯魔術まで扱えるようになるのと、少なくとも第二階梯の魔術は詠唱破棄が出来るように頑張ってください」

詠唱破棄。その言葉が出た瞬間に教室が再びざわつき出す。

「先ほど詠唱とは〝世界を変革して奇跡を起こすための許可を星に願う祈り〟とお伝えしましたが、それを省略して奇跡の名《魔術名》を口にするだけで奇跡を引き起こす《魔術発動させる》技が詠唱破棄です。一流の魔術師はだいたいこれを会得《えとく》しています。安心してください、この領域までなら才能云々《うんぬん》は関係なく、血の滲《にじ》むような努力をすれば誰でも到達出来ます」

それは誰もが出来ることではないだろうと教室にいる生徒全員が心の中でツッコミを入れた。

ちなみに詠唱破棄とはその名の通り、魔術を発動するのに必要な呪文を省略する技術のことだ。魔術師としての次元が一つ上がるから絶対使えるようになれと師匠に言われて死に物狂いで会得したのは思い出したくない記憶だ。

「詠唱には祈りの他にもう一つ、発動する魔術のイメージを補完するという大きな役割があります。つまり詠唱破棄を会得するには発動したい魔術を補助なしでイメージすることが出来ればいいのです」

口で言うのは簡単だよ、とまたしても生徒全員が心の中で総ツッコミを入れる。教室中からジト目を向けられてもマックール先生は柔和な笑みを崩さずにこう言った。

「なのでみなさん、魔力が空になるまで血反吐《ちへど》を吐きながらガンガン魔術を使って、イメージを頭に叩《たた》き込んでください。それが一流の魔術師になるための近道です！」

笑顔でとんでもないことを言ったぞこの先生。あとそんな近道は通りたくないな、と三度目のツッコミをみんな心の中でしたのは言うまでもない。

＊＊＊＊

午前の授業が終わって昼休みに突入した。

「いやぁ……初日だっていうのになんか疲れたな」

レオは背筋を伸ばしながらゴキゴキと首の骨を鳴らしている。数時間座りっぱなしで講義を聴くのは彼にはかなりの苦痛だったようで、授業初日にもかかわらずこっくりと舟を漕《こ》いで夢の中へ旅立ちそうになっていた。

「それにしても、エマクローフ先生が担任の西クラスの奴《やつ》らが羨ましいぜ。あの先生が担任なら毎日が楽しいだろうなぁ……ルクスもそう思うだろう⁉」

「俺に話を振るなよ……」

「ロイド先生は非常に優秀な魔術師ですわよ。なにせ彼のご両親は魔術師ではなく王都でカフェを営む普通の人ですから。加えて祖父母、曽祖父母の代まで遡ってもあの方の家系に魔術師はおりません。この意味がわかりますわよね?」

ルビディアの話を聞いてうげぇとカエルがつぶれたような声を出すレオ。それがどうして驚くべきことなのかわからず首をかしげている俺にティアリスが教えてくれた。

「魔術師の優劣をまず左右するものは血統であると謂《い》われているんです。それは親から子へ力が代々受け継がれていくからです」

「つまり生まれた時から才能が確約されているのですわ。そして代を重ねるごとに魔術は洗練され、より高みへと昇華するので、歴史が長ければ長いほど魔術師として高みに立てる、というわけですわ」

業腹《ごうはら》な話ですわと不満そうに口を尖《とが》らすルビディア。その言葉にティアリスも苦笑いを浮かべながら、

「いくら強い力を受け継いだとしても本人にそれを操る技量がなければ宝の持ち腐れです。宝石を輝かせるのもただの石ころにするのも結局はその人の努力次第。でも正直なところ、そのことに気が付いていない人はたくさんいます。もちろん、この学園の中にも」

この国を代表するユレイナス家とヴェニエーラ家に生まれ、複数の魔術適性を有する二

人。しかし今の彼女達は持って生まれた才能だけでここにいるわけではない。

だが悲しいかな、努力というものは得てして周囲には伝わらないものだと師匠はよく口にしていた。

師匠曰く、〝才能〟という言葉で片付けてしまえば心が救われる。天才が裏で血のにじむような修練を積んでいることに目を逸《そ》らして、〝持って生まれた才能の差〟だと言い訳して凡人は安寧を得るのだそうだ。

「ですがロイド先生は違いますわ。彼は自らに宿った才能を限界まで磨き上げ、【アルシエルナイツ】にあと一歩のところまで昇りつめた秀才ですわ」

ルビディアがまるで自分のことのように誇らしげに語った。ティアは知っていたようで物知り顔で頷《うなず》いているが、初耳の俺とレオは驚きを隠せなかった。

「おいおい、マジかよ……ロイド先生、【アルシエルナイツ】に選ばれるくらいの人だったのか⁉」

かつて師匠が隊長を務めていた魔術師として終着点に至った化け物達の集まりに、己自身の才能と努力だけであと一歩のところまで手をかけたのは快挙だ。そんな人の指導を受けられるのはなかなかあることじゃない。

「付け加えると、私の聞いた話では三年前に史上最年少で【アルシエルナイツ】に選ばれたカレン・フォルシュさんはロイド先生の教え子だったそうですよ？」

ティアリスの言葉に更なる衝撃を受けたレオは驚愕《きょうがく》のあまり開いた口が塞がらず、空気を求める魚のようにパクパクとしている。そんなに凄《すご》い人なのか、カレン何某《なにがし》さんは。

「おそらく知らないであろうルクスに説明しますと、カレン・フォルシュはラスベート王立魔術学園の卒業生で、弱冠十八歳という異例の若さで【アルシエルナイツ】に選ばれた正真正銘の天才です」

同じ女として負けられませんわ！　と拳を作りながら息巻くルビディア。なるほど、その天才さんの担任を務めていたのがロイド先生だったらレオが驚くのも無理はない。

「わかりましたか、レオニダス。それくらい私達の担任は凄い方ということです。そしてそんな人物が担任となったのは幸運という他ありませんわ」

「……違いねぇ。これで文句を言ったらバチが当たるぜ」

苦笑いしつつ自らに言い聞かせるように言うレオの様子を満足げに見つめるルビディア。もしかしてこの二人、案外馬が合うんじゃないか。

「なぁ、ティアリス。一つ聞きたいことがあるんだけどいいかな？」

「もちろんです！　やっぱり授業でわからないところがあったんですね！　何でも聞いてください！」

何が嬉《うれ》しいのかわからないが、嬉々《きき》とした様子で身を寄せてくるティアリスに俺は思わず苦笑いを浮かべながら胸の中で燻《くすぶ》っている疑問を彼女にぶつけた。

「いや、別にそういうわけじゃないんだ。ティアリスは〝アストライア〟って単語をどう思っているのかなって思ってさ。師匠から何か聞いていないか？」

「あぁ、そのことですか。私も疑問には思っているんですが、残念ながらヴァンベールさんからは何も。あの方の秘密主義には困ったものです」

そう言ってティアリスはやれやれとため息を吐《つ》きながら肩をすくめた。自慢話は何度もするくせに自分や俺のことについては教えてくれなかったからな。まぁ案外あの人も知らなかった可能性もあるから何とも言えないが。

「それならいいんだ。変なことを聞いて悪かったな」

「いえ、私の方こそお力になれず申し訳ありません。それではそろそろお昼ご飯を食べに行きましょうか！　学食は美味《おい》しいと評判なんですよ！」

そう言ってティアリスが突然に俺の手を取って走り出す。それを見たルビディアが悲鳴に近い声を上げて後ろから追いかけてくる。

「レオニダス、何をしているんですか⁉　あなたも一緒に来るんです！　二人を追いかけますわよ！」

「俺もか⁉　というかお前達の痴話げんかに巻き込まれたくないんだが⁉」

そんなこと言わずに友達ならお願いだから来てくれ。

このまま三人で人が大勢集まるであろう食堂に行ったらどんな目で見られるかわかったもんじゃない。今朝のようにアーマイゼに絡《から》まれて面倒なことになるかもしれない。でもレオがいれば負の感情を分散することが出来る。だからどうか一緒に！　などと俺の必死の思いを視線に込める。

「しょうがねぇな！　わかったよ、一緒に行けばいいんだろう！　ただ俺がいたところでどうにかなるわけじゃないからな⁉　そこだけ理解しておけよ！」

やけくそ気味に叫びながらレオは立ち上がり一緒に来てくれた。うん、彼と友達になれて本当に良かった。

だが悲しいことに俺の予感は見事に的中し、レオの言葉は現実のものとなってしまった。

食堂は混雑していたが運よく四人座れる席が空いていて、数量限定のオススメだという骨付き肉のランチを注文出来たところまでは良かった。しかしいざ食べようとした時に事件は起きた。

「ティ、ティアリスさん！」

名前を呼ばれて〝げっ〟とカエルがつぶれたような声を出して露骨に嫌そうな表情を表

に出しながらティアリスは振り返る。そこにいたのは西クラス筆頭のアーマイゼ・エアデールとその取り巻きの三人組だった。爽やかな笑顔で手を振りながら近づいてくるが、ティアリスの反応には気付いていないのだろうか。

「ティアリスさん。も、もしよければ僕と一緒にランチを食べませんか？」

「ごめんなさい、アーマイゼ君」

心なしか頬を赤くしながらティアリスを食事に誘うが、取り付く島もなく一刀両断で断られてしまった。

即答されて愕然《がくぜん》としているアーマイゼのことなど眼中にないとばかりにルビディアとレオは昼食を食べ始め、ティアリスも俺に笑みを向けながら、

「さぁ、ルクス君。冷めないうちに早く食べましょう！」

そうしたいのは山々なんだけどアーマイゼの視線が突き刺さってそれどころじゃない。憎悪《ぞうお》に満ちた目を同級生に向けてくれるな。

「ルクス・ルーラー……キミとは早々に決着をつけないといけないようだな！」

そして怨念じみた声で宣戦布告をしないでくれ。あとここが大勢の人が集まる食堂だってことと自分が有名人であることを忘れないでほしい。

『なぁ、もしかしてあの緑髪の生徒ってエアデール家の天才か？』

『それに絡まれている奴は入学式のクラス分け判定で前代未聞《ぜんだいみもん》の〝適正なし〟の問題児だろう？　なんで入学出来たんだよ』

『あんな奴とティアリスさんとルビディアさんは一緒にいるんだ……』

『それにしてもティアリスさん、本当に可愛《かわい》いなぁ。ルビディアさんもマジ綺麗《きれい》……一緒にいる男二人が羨ましいぜ』

『あいつら……あとで締めるか』

周囲から聞こえてくる怨嗟《えんさ》の声に頭痛を覚える。その中には上級生も交じっているし、エマクローフ先生が言っていた通り、俺のクラス分け判定の結果は周知の事実になっているので質《たち》が悪い。

「俺は今はキミと争うつもりはないよ、アーマイゼ。ここは食堂。騒ぎを起こす場所じゃないと思うけど？」

「っく……確かにそれはそうだけど……！　でもティアリスさんを籠絡《ろうらく》するキミを放っておくわけにはいかない！」

「籠絡って……俺は別にそんなことは一切していないんだけど……」

俺とティアリスのどこをどう見たらそういう発想に思い至るのか教えてほしい。同意を求めて彼女に視線を向けるとモグモグと美味《おい》しそうにオムライスを食べていた。小動物のような可愛さに思わずほっこりする。

「僕はキミが許せない！　だから僕と戦え、ルクス・ルーラー！」

アーマイゼの口から飛び出た突然の決闘の申し出に食堂全体がざわめき立つ。ルビディアやレオを始めとした我関せずを貫いていた生徒達も顔を上げ、興味津々《きょうみしんしん》といった視線を向けてくる。ちなみにティアリスはまだモグモグタイムを継続中である。

「今すぐでも、放課後でも、いつでもいい。僕と戦え。そして僕が勝ったら……ティアリスさんから離れろ」

それは俺の一存で決められることでもないし、なによりティアリスの意思を無視することになると思うのだが彼はそのことに気付いているのだろうか。まぁ敢《あ》えて口に出すことでもないし、今はこのありがたい申し込みになんて答えるか考える方が先決だ。

「いやぁ——今年の新入生は活気があっていいねぇ、ロイド。キミも若い頃を思い出すんじゃないかな？」

「生徒の前で私の過去を無闇に話さないでいただけますか、学園長」

ざわつく食堂に現れたのは亜麻色髪の美女と眉間にしわを寄せた黒髪の教師。

「ハッハッ！　謙遜することはない。学生の頃のキミは誰よりも血気盛んで、誰彼構わず喧嘩《けんか》まがいの決闘を申し込んでいたじゃないか。そのせいでどれだけ私が苦労したことか……」

やれやれと肩をすくめるアンブローズ学園長とこめかみを押さえながら嘆息するロイド先生。ラスベート王立魔術学園を代表する魔術師の突然の登場に食堂がシンッと静まり返る。

「私達のことは気にしないで話を続けていいんだよ？　決闘の許可なら私が出そう。思う存分やるといい」

「……学園長。それはいくら何でも適当が過ぎます。二人はまだ入学したばかりの新入生。いきなり決闘はさすがに非常識かと」

冷静かつ的確なロイド先生の指摘にアンブローズ学園長は不満そうに唇を尖《とが》らせるが、それで簡単に引き下がるほどこの人は甘くなかった。

「ならばロイド。キミが受け持つ『魔術戦闘科』で二人に戦ってもらえばいいんじゃないかな？　それなら授業の一環だし二人の力が現状どれほどのものかキミ自身知ることが出来る。いいこと尽くめじゃないか」

ニヤリと笑みを浮かべながら言った学園長の言葉に、ロイド先生は顳に手を当てて逡《しゅん》巡《じゅん》する。いや、そこは教師としては断固として反対してもらいたいのだが。

　ちなみにロイド先生の担当科目の『魔術戦闘科』の内容はその名の通り対人・対魔物を想定した魔術の戦闘訓練だ。ラスベート王立魔術学園の数ある教科の中で、最も過酷であると同時に最も人気の高い授業である。

「なるほど。確かにそれは一理ありますね。学園長もたまに、本当にごく稀《まれ》に、理にかなったことをおっしゃいますね。感服いたしました」

「なぁ、ロイドよ。今キミ、そこはかとなく私のことを馬鹿にしなかったか？　私はキミの恩師のはずなんだけどちょっとおかしくない？」

「滅相もありません、アンブローズ学園長。私はあなたのことを魔術師として誰よりも尊敬しております。魔術師としては」

　満面の笑みで大事なことだから二回言いました、と最後に付け加えるロイド先生の発言に学園長は怒り心頭となって地団駄を踏む。どうでもいいけど当事者をそっちのけで勝手に話を進めないでほしい。

「あぁ……二人とも突然すまなかったな。アーマイゼ、キミが要望したルクスとの決闘は私の授業で叶《かな》えよう。不満はあるかな？」

「いいえ、ありません。僕のわがままを聞いてくださりありがとうございます、ロイド先生」

「ルクスもそれで構わないな？　と言っても、こうなってしまった以上キミに拒否権はないのだがな」

ティアリスと出会ってからというもの、俺に拒否権はほとんど与えられていない気がするが、不思議なことに拒否する気が全く起きない。

「ぇぇ、構いませんよ。むしろちょうどいい機会です。俺もアーマイゼとは手合わせをしたいと思っていましたから」

「僕と手合わせしたかった、だって？　その言葉……絶対に後悔させてやるからな！　覚悟しておけよ！」

「よろしい。入学早々に生徒同士の模擬戦をするのは滅多にないが、明日の授業でキミ達二人の模擬戦を行うとしよう。その代わりに教材になってもらうからそのつもりで」

そう言ってロイド先生は、まだ不満そうにむくれっ面をしていたアンブローズ学園長を連れて食堂から去って行った。ご飯は食べなくてよかったのだろうか。

「ルクス・ルーラー、僕がキミの化けの皮を剝いでやる。覚悟しておけ！」

「ルクスでいいよ。一々フルネームで呼ばれると背中が痒《かゆ》くなるし呼ぶのも面倒だろう？　俺もアーマイゼって呼ばせてもらうからさ」

「友達みたいに馴《な》れ馴れしくするなぁっ！　調子が狂うじゃないか、バカッ！」

プンスカと怒り出したアーマイゼは取り巻きの友人二人を連れて食堂から出て行った。去り際に〝僕の本気を見せてやるからな！〟と言い残して。

「おいおい、ルクス。黙って聞いていたらとんでもないことになっちまったけど大丈夫なのか？」

俺の隣に座っていたレオが勢いよく肩を摑《つか》みながら声をかけてきた。今まで黙っていたのに今更大丈夫かって聞くのはどうかと思うし、あと口元が愉悦に歪《ゆが》んでいるのもどうにかしろ。

「まぁ多分何とかなるだろうさ。アーマイゼが師匠並みに強くなければの話だけど」

「フフッ。レオニダス君の心配はわかりますがルクス君なら大丈夫です。アーマイゼ君が相手でも後れを取ることはありませんよ」

そう言って口元をぬぐいながらごちそうさまでしたと手を合わせるティアリス。いつの間に完食していたんだ。というかこの騒動の原因はティアリスにあるのにどうして助け舟を出してくれなかったのか。

「そうは言っても相手はエアデール家の天才って言われている風属性魔術の使い手のアーマイゼだぞ？　いくらなんでも相手が悪すぎるんじゃないか？」

「人が悪いな、レオ。全部わかっていて言っているだろう？」

「まぁな。噂《うわさ》の特待枠であの〝龍傑の英雄〟ヴァンベール・ルーラーから教えを受けたお前の実力を見られるいい機会だからな！」

レオの口から飛び出した発言によって食堂が再び喧噪《けんそう》の坩堝《るつぼ》と化す。

「ところでよ、ルクス。気になっていたんだけど、育ての親のヴァンベールさんは今何をしているんだ？」

「あぁ……あの人ならある日突然、借金を残してどっかに消えたよ」

ただそのおかげでティアリスと出会い、今こうして学園に通うことが出来ているので何とも言えないが。

「なんていうか……同い年とは思えないくらい中々波乱万丈な人生を歩んでいるんだな、ルクスは。ホント、困ったことがあればいつでも相談しろよ？　力になるからさ」

「ありがとう、レオ。そう言ってくれるだけで嬉《うれ》しいよ」

「ダメですよ、ルクス君。レオニダス君の前に私を頼ってください。なにせ私は師匠から直々にあなたのことをお願いされているんですから！」

ぷくぅと頬を膨らませながらわずかに身を乗り出してティアリスが謎の抗議をしてくる。

確かに師匠はティアリスに俺のことを託したかもしれないが、何も張り合うことじゃないだろう。

「私のことも頼ってくださって構いませんのよ、ルクス。ヴェニエーラ家が全力であなたをサポートいたしますわ」

「フフッ。何を言っているんですか、ルビィ。ルクス君のことは私に任せて家で筋トレでもしていてください。あなたの出る幕はありません！」

「寝言は寝ている時に言うから寝言であって、起きている時に言ったらそれはただの世迷《よまい》言《ごと》ですわ。ティア、あなたこそ大人しく剣を磨いていたらどうですか？」

バチバチと火花を散らす二人。よし、困ったことになったから早速レオに助けを求めよう。そう思って隣を見たら彼は逃げるように席を立っていた。

「悪いな、ルクス。今朝も言ったが嵐の中には飛び込めん。これも色男の宿命だと思って自力で乗り切ってくれ！」

あばよ、と手を振りながら脱兎《だっと》のごとくレオは食器とともに去ってしまった。思っていたより俺達の友情は薄かったようだ。

「ちょうどいい機会です。ルクス君達に倣《なら》って私達も決闘をしませんか？　どちらが上かそろそろ決着を付けましょう」

「ウフフッ。それは良《い》い考えですわ。私もあなたと比べられることに嫌気がさしていたところです。完膚なきまでに叩《たた》きのめして差し上げますわ！」

美少女二人が今にも戦いを始めそうになったのを見て、蜘蛛《くも》の子を散らすように食堂にいた生徒達はこの場から離れていった。俺も一緒に逃げてもいいだろうか。

第5話　ルクスの実力

翌日。

俺達東クラスと西クラスの面々は室内闘技場に集合していた。

この日は朝からすれ違う生徒達から侮蔑混じりの奇異の視線を向けられてげんなりしたが、授業直前の昼休みにクラスメイトから〝頑張れよ！〟〝負けるな！〟と激励の言葉を貰《もら》えたので戦意は高揚している。

この闘技場には観客席が設けられて、生徒間で行われる決闘を観戦できる作りになっている。

ロイド先生が受け持つ『魔術戦闘科』の授業は二クラス合同で行われ、その組み合わせは月ごとに入れ替わるそうだ。でもなぜ関係のない『魔術歴史科』エマクローフ先生が同席しているのかは謎だ。

「『魔術戦闘科』を担当するロイド・ローレアムだ。諸君らがこの学園を卒業したらどんな道を進むかはわからないが、今日から三年間、キミ達に魔術戦闘の何たるかを叩き込むロイド先生は抑揚のない淡々とした口調で宣言するので、まるで地獄への片道切符を渡されているような感覚を覚える。

「言うまでもないことだが我々魔術師はたとえ軍に所属していなくても、この国の民を守るという責任がある。故に我々は魔術を修得して喜ぶだけではなく、実戦で使えるようにならなければならない」

知識として魔術を覚えて使えるようになって満足するのは悪いことではない。ただそれでは〝魔術使い〟であって〝魔術師〟ではない。〝魔術師〟とは、修得した魔術を如何《いか》なる場面においても十全に扱える者のことをいう。その点でいえば、学園に通う生徒の多くはまだ〝魔術使い〟だ。

「だから私は実戦に重きを置く。模擬戦を通してすでに修得している魔術はもちろん、『魔術技能科』の授業で学んだことを己の血肉とし、洗練させ、諸君らを〝魔術使い〟から〝魔術師〟へと昇華させる。それが『魔術戦闘科』という授業だ」

ロイド先生の説明を聞いて生徒達はごくりとつばを飲み込む。

ここにいる生徒は魔術を使えるようになって喜んでいた者が大半だろうが、ロイド先生は言外にそれではダメだと言っている。

そう言えば似たようなことを師匠も口にしたことがあった。

――俺が教えた戦技や魔術を〝出来る〟ようになって喜ぶようじゃ二流だ。いかなる状況においても適材適所を見極めて〝使いこなせる〟ようになれ。それが出来て初めて一流だ――


「さて本日の授業だが……まぁすでに耳にしていると思うがルクス・ルーラーとアーマイゼ・エアデールの二人に模擬戦を行ってもらう。二人は前へ来るように」

名前を呼ばれた俺はふぅと深く息を吐いてからロイド先生の下へと向かう。その間際、ティアリスが袖をクイッと引っ張って、

「頑張ってきてくださいね、ルクス君」

「ありがとう、ティアリス。精一杯戦ってくるよ」

妹弟子の前で恥ずかしい戦いは出来ないが、ティアリスの声援は却《かえ》って対戦相手であるアーマイゼの怒りへ火に油を注いでしまったようだ。おかげで彼の目つきがとんでもないことになっている。少しは殺気を隠す努力をしてくれ。

「模擬戦のルールだが学園長からの指示で何でもありの決闘形式で行う。魔術、戦技、今

あるすべての力を出し切って戦うようにとのお達しだ。まったく、新入生の模擬戦は入学からひと月以上経《た》ってから行うことが通例だというのに、よりにもよって決闘形式とは。あのロクデナシのクソ教師め」

口汚い言葉で学園長を罵りながらロイド先生は深いため息を吐《つ》く。

ちなみに決闘形式というのは相手を殺しさえしなければ何でもありの果し合いだ。合法、非合法に関係なく【闘技場】も同じルールで行われているが、新入生同士の戦いにしては少し物騒すぎないだろうか。と思ったが出会って早々ティアリスと決闘したよな、俺。

「審判は私が務める。勝敗はどちらかが降参するかもしくは私が戦闘不能と判断するかで決める。そして今回は万が一に備えてエマクローフ先生にも同席していただくことになった」

どうしてここに関係のないエマクローフ先生がいるのかと俺を含めた東クラスの面々は驚くが、対する西クラスの生徒達はそうでもないようだ。

「ロイド先生とアンブローズ学園長に頼まれて出張してきましたぁ！　そして私が来たからにはもう安心！　二人とも、思う存分戦っちゃってください！　死なない限りは私の治癒魔術であっという間に元通りにしてあげますから！」

キラッと星が飛び出るようなウィンクを華麗に決めながら軽い口調でエマクローフ先生

が言ったことに、東クラスは追加で衝撃を受ける。

治癒魔術はどの属性の魔術にも当てはまらない系統外魔術と呼ばれるもので、簡単に言ってしまえば持って生まれた才能だ。それ故に治癒魔術を使える魔術師はどの国でも重宝されて表舞台に立つことはほとんどないというが、まさかこんな身近にいたとは。

「本来なら全力で断るところではあるが、エマクローフ先生は希少な治癒魔術を使えるので今回は特別に同席してもらうことになった。これも学園長の差し金だ」

「ちょっとロイド先生、まるで私が邪魔みたいな言い方じゃありませんか？」

「事実です。あなたがいると一向に話が進まない。ですからどうか口を閉じておいていただきたい。これは私の授業です」

「貴重な休憩時間を潰してまで出張して来たのに……ロイド先生ったら情け容赦なさすぎますぅ……しくしく」

そう言いながら泣《な》き真似《まね》をするエマクローフ先生にロイド先生は心底嫌そうな顔で盛大にため息を吐いてから、

「まぁそういうわけだからルクス、アーマイゼ。思う存分戦うといい。責任は学園長にとらせる」

「わかりました。それでは遠慮なく、全力で戦わせていただきます」

アーマイゼが口元に笑みを浮かべつつ射殺すような視線を俺に向けながらそう言った。

もしかして本気で殺しにはこないよな。もしそうなったら俺も手加減が出来ない。

「前置きが長くなったが、そろそろルクス・ルーラー対アーマイゼ・エアデールの模擬戦に移るとしよう。二人以外の生徒は速やかに観客席へ移動するように」

生徒達がぞろぞろと観客席へと移動を開始する。その間に俺とアーマイゼもいったん離れて距離を取る。

「キミを倒してティアリスさんの目を覚まさせる。最初から全力で行くから覚悟しろ、ルクス・ルーラー」

「ルクスでいいって言っただろう？　ティアリスのことは一度忘れていい試合をしよう」

「いい試合をしようか……これが決闘だってことをすぐに思い知らせてやるっ！」

轟々《ごうごう》と殺気を滾《たぎ》らせながら半身になって木剣を構えるアーマイゼ。その動作に淀《よど》みはなく立ち姿に隙はない。魔術だけでなく戦技も修練している証拠だ。

しかも彼の魔術適性は風。速度と連撃で押し切る腹積もりか。油断するつもりは全くないが、気を引き締めないと足をすくわれるな。俺は集中を深めて木剣を正眼《せいがん》に置く。

「ルクスく――――ん‼　頑張れ――――‼」

観客席からティアリスが手を振りながら声援を送って来た。うん、嬉《うれ》しいけどそれは逆効果だから。アーマイゼのやる気をもりもり上げるだけだからお願いだから自重してくれ。顔を背けて笑いを堪《こら》えていないでティアリスを止めてくれ、ルビディア、レオ。

「ティアリスさんの声援を独り占めして……お前は絶対に倒す！」

若干涙目になりながらアーマイゼが宣告してきた。独り占めする気は毛頭ないからそんなに怒らないでほしい。

「さて、みな移動したようだな。二人とも、準備はいいか？」

ロイド先生に尋ねられて俺とアーマイゼは同時に頷《うなず》く。張りつめた緊張感が室内闘技場に漂い、静寂の帳《とばり》が下りる。その沈黙を破るようにロイド先生が、

「それでは――――始め‼」

力強い声で宣言し、戦いの火ぶたが切られた。

仕掛けたのはアーマイゼ。開始の合図と同時に詠唱を始め、魔術を完成させて左手を突き出した。

「風よ、弾丸となり敵を穿《うが》て《ヴェントス・バレット》！」

放たれたのは圧縮された風の弾丸を生み出す風属性の第二階梯《かいてい》魔術。

風属性の魔術特性は〝速度〟。詠唱を唱えてから発動するまでの速度、発動した魔術そのものの速度は属性の中でも随一と謂《い》われている。

アーマイゼの魔術もその例に漏れず、彼が放った風弾は俺の身体《からだ》を目指して一直線に高速で向かっている。

「大地よ、我が身を守る盾となれ《アース・ウォール》」

俺は詠唱を唱えながら地面に右手をつく。その瞬間、大地が盛り上がり一枚の壁となって風の弾丸がそれに激突した。多少の土くれが弾《はじ》ける程度で貫くまでには至らない。アーマイゼの舌打ちが壁越しに聞こえた。

俺が使ったのは地属性第二階梯魔術。地属性の特性は〝防御〟。風属性と比べて発動までの時間は長いがこと防御力においては随一であり、相性のいい風属性ならそうそう突破されることはない。

「先に発動したアーマイゼの風属性の魔術を地属性魔術で完璧に防ぐとは……ルクスの魔術構築スピードはどうなっておりますの？」

「ルクスの魔術適性は土なのか？　今の《アース・ウォール》は俺より上手《うま》いぞ？」

観客席からルビディアとレオの驚きと疑問の声が聞こえてくる。アーマイゼを含めた観客席にいる大半の生徒が同じ感想を抱いていそうだな。ただしティアリスを除いて。

「フフッ。ルクス君ならあのくらいのことは朝飯前ですよ。むしろ出来なかったらヴァンベールさんに怒られてしまいます」

口元に笑みを浮かべながら発した彼女の言葉に今度は唖然《あぜん》とする生徒達。ティアリスの言う通り、この程度のことは片手間で出来るくらいには師匠に鍛えられている。

「僕の魔術を一度防いだくらいでいい気になるなよ！　風よ、剣となりて突撃せよ《ヴェントス・グラディウス》！」

アーマイゼの魔力によって生成された風が俺の頭上で一振りの大剣となって高速で墜《お》ちてくる。風属性の第三階梯魔術の中でも威力のあるものを選んできた。加えて空からの攻撃を地属性魔術で防ぐには少し面倒。

俺は回避を選択し、体内の魔力を足に集約させて射程圏外へ離脱を試みる。そうしないと風の大剣が弾けた瞬間に発生する突風を浴びることになるからだ。

「逃がさない！　風よ、弾丸となり穿て《ヴェントス・バレット》！」

それを狙っていたとばかりに、アーマイゼも俺を追うように移動しながら風弾を撃ち込んできた。それも一発ではなく二発、三発と連射してくる。

この風弾を全て避けることは不可能か。そう判断した俺は魔力を身体全体に巡らせて瞬時に肉体を魔術戦用に創り変える。そして――

「――ハァッ！」

俺は裂帛《れっぱく》の気合いを吐き出しながら、迫りくる弾丸を魔力で強化した木剣を振るって余さず叩《たた》き落とす。

「甘いぞ、ルクス・ルーラー！」

魔術は陽動。一足飛びに俺との間合いを詰めたアーマイゼは上段に構えた木剣を躊躇《ためら》うことなく高速で振り下ろした。

「ハァァッ――――！」

並の相手ならこの一撃で終わっていたことだろう。けれど毎日のようにクソッタレな師匠の目にも映らない速さの剣閃《けんせん》を体感した俺にはアーマイゼの攻撃は遅すぎる。右足を軸にして身体を半回転させて最小の動作で回避する。

「――!? ハッ！」

決まると思った攻撃をかわされたことでアーマイゼは目を見開くが、とっさに手首を返して斬り上げの二撃目を繰り出す。それに対して俺は木剣を下からぶつけて相殺《そうさい》する。

ガゴンッ、と室内闘技場に鈍い音が響き渡る。

「――疾《シッ》ッ！」

アーマイゼのがら空きの胴体に前蹴りを打ち込む。グッ、とくぐもった声を漏らしながら吹き飛ぶがおそらくダメージは入っていないだろう。手ごたえはあったが咄嗟《とっさ》に後ろに飛んで直撃は免《まぬが》れている。すぐに立ち上がってきたのが何よりの証拠だ。

「足を出すなんて……随分と野蛮な戦い方をするんだな、キミは」

「ロイド先生が言っていただろう？　これは何でもありの決闘形式だって」

口元をぬぐいながら再び木剣を構えるアーマイゼ。その闘志は萎えるどころかさらに激しさを増す。

そんな俺達の攻防に息を呑《の》む観客達。戦って勝利し、如何《いか》なる状況でも生き残れるようにあらゆる技を身に付けろ。師匠が口癖のように俺に言った言葉だ。

「さて、次は俺の番だなアーマイゼ。雷鳴よ、槍となり降り注げ。驟雨《しゅうう》の如《ごと》く《トニトルス・スピアレイン》！」

俺が発動したのは雷属性第四階梯魔術《トニトルス・スピアレイン》。雷属性は風属性との相性こそ悪いが〝貫通〟という特性を有しているので、並の防御なら相性など関係なく容易《たやす》く貫く。

「風よ、我が身に集い災厄を祓《はら》え《ヴェントス・セイントブークリエ》！」

天より降り注ぐ無数の雷撃に対して、アーマイゼは額に脂汗を搔《か》きながら魔術を発動して風の盾を作って対応する。第四階梯魔術のようだがおそらくまだ慣れていないのだろう。必要以上に魔力を消費している上に生成された風の盾は不安定で揺らいでいる。

「――くぅ、ううっ！」

だが必要以上に魔力を籠めたのが功を奏したか強度は十分。闘技場に轟々と鳴り響いた雷撃が鎮まり、立ち込めた土煙が晴れた先には肩で息をしつつも健在のアーマイゼの姿があった。

「ハァ、ハァ、ハァ……まさかキミが第四階梯の魔術を使えるとは思わなかったよ」

「驚いたのは俺も同じさ。加減したとはいえまさか防ぎきられるとは思わなかった。ティアリスが天才だって褒めていただけのことはある」

「ティアリスさんが僕のことを褒めていた⁉ ルクス、それは本当かい⁉」

疲労は吹き飛んだとばかりに食い気味に尋ねて来るアーマイゼ。張りつめていた空気が一気に弛緩《しかん》する。ティアリスのことになると途端にポンコツになるのは如何《いかが》なものか。

「あ、あぁ。風属性の魔術の扱いなら自分より優れているって言っていたよ」

「ティアリスさんがそんな風に僕のことを……フフフッ。ならその言葉を嘘《うそ》にしないためにも、やっぱりキミには負けられないな！」

そしてティアリスのことになると思考が極端になって直情的になるのは考えものだが、それで実力以上の力を発揮出来るなら相手としたらこれほど面倒なことはない。

「ここからが本当の勝負だ！　行くぞ、ルクス！　風よ、刃となりて舞い踊れ《ヴェントス・ブレイド》！」

アーマイゼの魔術によって生み出された無数の風刃が広範囲に散らばりながら俺を斬り刻むべく襲い掛かる。

「この程度か、アーマイゼ？」

身体強化にくべる魔力量を一段階増やし、迫りくる風の刃を全て余さず木剣ではたき落とす。

「バカな⁉　僕の魔術がただの木剣で無力化された⁉」

「驚いている暇はないぞ、アーマイゼ！」

今度は俺が地を蹴り突貫する。音を置き去りにする速度で彼の背後に回り込み、無防備な背中に木剣を振り下ろす。だがさすがは四大魔術名家の嫡子。アーマイゼは既《すんで》のところで反応して、振り向きざま受け止めた。

「やるじゃないか、アーマイゼ」

「クゥ……ッ！」

「剣に集中しすぎだ。胴体がまたがら空きになっているぞ！」

再び前蹴りを鳩尾《みぞおち》に打ち込む。ドスッと鈍い音が響き、アーマイゼは身体をくの字にして口から鮮血を吐き出しながら後退《あとずさ》る。

「か、風よ、吹け《ヴェントス》！」

「――!?」

苦痛に顔を歪《ゆが》めながらアーマイゼが放った風に俺の身体は後方へと吹き飛ばされる。ただ突風を生み出すだけの初歩的な魔術だが間合いを作るには最適解だ。

「風よ、剣となりて突撃せよ《ヴェントス・グラディウス》!」

間髪を容《い》れずに風の大剣を生み出すアーマイゼ。この短時間で魔術を連発している上にダメージも蓄積しているはずなのにまだ心が切れていない。観客からの歓声が上がる。

「風よ、舞い上がれ《ヴェントス・ストライク》!」

無造作に左腕を振り上げる。

俺を中心に突風が巻き起こり、その風圧が迫りくる大剣を相殺する。

「そんな……! キミは風属性も使えるのか!?」

驚愕《きょうがく》の声を上げるアーマイゼ。そこには悲痛が混じっているように聞こえたけれど、戦いの最中に悲嘆にくれるのは致命的な隙をさらす悪手以外の何物でもない。

「雷鳴よ、奔《はし》れ《トニトルス・ショット》」

一言、俺は静かに呟《つぶや》く。人差し指から紫電が奔り、アーマイゼ目掛けて一直線に飛んでいく。

「グハァァッ――!」

バチバチッと電気が弾ける音と苦悶《くもん》の悲鳴が重なる。それでも彼は意識を保ち、木剣を地面に突き刺して膝をつくことを拒絶する。

その胆力に内心で賞賛を贈りながら、木剣を腰だめに置いて右手を柄に添える。右足前の前傾姿勢で腰を落とす。

放つ技は万象一切悉《ことごと》く斬り裂く神の一閃《いっせん》。その名を――

「アストライア流戦技――秘技《神解一閃《フラガラック》》」

千の鳥が鳴いたかのような轟音《ごうおん》が室内闘技場に木霊《こだま》した時には、俺は剣を振り抜いた体勢でアーマイゼの背後に立っていた。

「……ガハッ」

苦悶の声を漏らしながら白目を剝《む》き、アーマイゼの身体はゆっくりと前のめりに倒れてピクリとも動かなくなった。果たして何が起きたかわかっている人間が、彼を含めてこの場にどれくらいいるだろうか。

「一々驚いたらダメだってさっきも言っただろう、アーマイゼ」

いつぞやのように握っていた木剣が塵《ちり》となってサラサラと零《こぼ》れ落《お》ちていくのを眺めながら俺は呟く。

たとえ敵がどんな魔術を使ってきたとしても慌てず冷静でいないと簡単に命を落とす。

それが魔術師の世界だ。

適性がなかったとしても魔力消費の効率が悪く、威力も多少下がりこそすれ使えないわけではない。複数の属性の魔術を使いこなせれば戦闘の幅は広がるので、魔術師を目指すなら適性以外の魔術を修得するのは必須というのが師匠の教えだ。

「勝敗は決したな。勝者、ルクス・ルーラー!」

ロイド先生が勝者の名を告げる。

怒濤《どとう》の展開とあっけない幕切れに室内闘技場は静まり返っていたが、パチパチと拍手が鳴り出し、それが全体へと波及して大きな歓声へと変わる。特にレオを筆頭に東クラスの面々は雄叫《おたけ》びに近い歓声を上げている。

そして最初に拍手を鳴らした我が妹弟子は嬉《うれ》しそうな笑みを浮かべながら静かにこう言った。

「お疲れ様です、ルクス君。すごくカッコよかったですよ」

鳴りやまない賞賛の中でも、彼女の声はやけにはっきりと聞こえた。

＊＊＊＊

模擬戦後、この日の『魔術戦闘科』の授業は終了して解散となったのだが、何故《なぜ》か俺は教室ではなく医務室でエマクローフ先生と向かい合って座っていた。

「お疲れ様、ルクス君。素晴らしい試合で先生感動しちゃった！」

「それはどうも……というか先生。アーマイゼはともかくどうして俺まで医務室に連れて来たんですか？」

先の戦いで怪我《けが》をして意識を失ったアーマイゼは医務室に運ばれ、処置を施されてベッドで休んでいる。一方俺はいくつか切り傷こそあれ、それ以外に目立った外傷はないのでわざわざここに来る理由はないのだが、何故かエマクローフ先生に呼び出しを受けてここにいる。

「何言ってるの。軽傷とはいえキミも怪我をしているじゃない」

それを治癒するのが私の仕事なのよ、とエマクローフ先生は苦笑いを零しながら俺の胸に手を当てる。

心地の好《い》い温かな魔力が身体《からだ》全体に染《し》み渡《わた》る。まるで聖母の慈愛に包まれているような不思議な感覚。これが治癒魔術か。

「はい、お終《しま》い。傷は綺麗《きれい》さっぱり癒えました！」

「ありがとうございます、先生。それじゃ授業があるので俺はこれで――」

「ちょっと待ってルクス君。この治療はついでよ。実は私、キミと少しお話がしてみたかったの」

「お話……ですか？　それは授業をサボってまですることなんですか？」

ええそうよ、とニコッと微笑《ほほえ》むエマクローフ先生から有無を言わせぬ圧力を感じ取り、俺は観念して内心でため息を吐《つ》く。

「もちろん無駄話とか恋バナとかではないから安心して。学校が始まって一週間が経《た》つけど困ったことはないかしら？」

「困ったことですか？　そうですね……強いて言うならそこで寝ているアーマイゼ君に日々絡《から》まれることに入学してから悩まされています」

食堂の一件以来今日に至るまで、俺とティアリスが一緒にいるのを見かけるたびにアーマイゼは声こそかけてはこないものの憎悪《ぞうお》に満ちた顔で睨《にら》んできた。却《かえ》ってティアリスを遠ざける結果になっていることに気付いてほしい。

「アーマイゼ君かぁ……彼、根は一生懸命で真面目な子なんだけど、どうもティアリスさんが絡むと前が見えなくなってしまうのよね」

「ですが彼が代表してそういう感情をぶつけてくれたおかげでそれ以上の困りごとは起きていないので感謝もしています」

腐ってもアーマイゼは〝始まりの四家〟の一角、エアデール家の嫡子だ。何か俺に言いたいことがあったとしても、彼が視線で代弁している上に入学早々に模擬戦をすることになったので皆口を閉ざしている。ただそれも今日までの話になると思うが。

「アーマイゼ君に関しては今日の模擬戦できっと変わると思うわ。自分と相手の力量差がわからないほど彼は弱くないから」

「そうであることを願うばかりです」

師匠の言葉を借りるなら、ここで腐るかそれとも修練に励むかによってアーマイゼの魔術師としての未来は大きく変わることだろう。それこそ国を背負《しょ》って立《た》つ男になるか否《いな》かの分水嶺《ぶんすいれい》と言っても過言ではない。なんて俺が言うのは烏滸《おこ》がましい話だ。それより気になったのは、

「ところで、エマクローフ先生は他の生徒にもこういうことをしているんですか？」

「ん？　こういうことっていうのは？」

「生徒を医務室に呼び出して困ったことがないかを聞いたりすることですよ」

ポカンと首をかしげるエマクローフ先生に内心呆《あき》れながら言うとようやく合点《がてん》がいったのか、ポンと手を叩《たた》いてからこう言った。

「あぁ、そういうことなら私から呼ぶのは新入生ではルクス君が初めてよ。学園長が直々

に認めた十年ぶりの特待生でありながら、前代未聞《ぜんだいみもん》の適正クラス無しの判定を受けたあなたのことが心配なのよ」

笑みを浮かべながらエマクローフ先生は言うが、瞳は揺れており声音には哀愁のようなものが帯びているように感じた。

「私も学生の頃は、治癒魔術を使えるという理由で周囲から色眼鏡で見られて大変だったのよね。だから似たような境遇のキミのことが放っておけないのよ」

治癒魔術は先天的な才能で神様からの贈り物。もしこの力を持って生まれてしまったら魔術師になる以外の道はないとかつて師匠は言っていた。

「ロイド先生から聞いていると思うけど、魔術師の世界は実力主義であり血統主義でもあるわ。〝始まりの四家〟とそれに連なる一族は特にね。まぁユレイナス家みたいな例外はあるけど」

「そうですね……ほんの短い間でしたが、ユレイナス家のみなさんはどこぞの馬の骨ともわからない俺に対して良くしてくれました」

「でもね、ルクス君。悲しいけれど他の三家はそうはいかないわ。しかもあなたは今日、授業の模擬戦とはいえエアデール家の嫡子であるアーマイゼ君に勝ってしまった。それも圧倒的な形でね」

「……つまり先生は今後〝始まりの四家〟が俺をどうにかしようと色々動き出すかもしれない、そう言いたいんですか？」

「学園長が抑え込んでいるから、外部から今すぐ圧力がかかるって話ではないわ。ただ頭の片隅には入れておいてほしいの」

あくまで可能性の話だけどね、とエマクローフ先生は付け加えつつ、口元に微笑を浮かべて言葉を続けた。

「それとあの戦いを目の当《ま》たり《あ》にして、他の生徒達がルクス君をどういう目で見るかもわからないわ。だからもしも何か困ったことが起きたら私や担任のロイド先生に必ず相談すること。一人で抱え込んだらダメよ？」

そこまで心配することだろうか、と思う反面、これ以上ティアリスに余計な心配をかけるわけにもいかない。

「……わかりました。ご忠告、ありがとうございます。もしもの時は頼らせていただきます」

「うん、よろしい！　話はこれで終わりだから教室に戻っていいわよ。授業、しっかり受けてくるように！」

授業をサボらせた張本人がどの口で言うのかと思わなくもないが、エマクローフ先生も思うところがあるだろうから俺は一礼してから医務室を後にする。

「もう少し早くあなたと出会いたかったわ」

悲しげな声が扉の向こうから聞こえたような気がした。

＊＊＊＊

「いやぁ――今日は大変な一日だったな、ルクス！」

「……そう思っているなら無駄に爽やかな笑顔で肩を組むのは止《や》めてくれないか、レオ？」

長かった一日の授業がようやく終わった。俺としては今すぐ寮に戻って休みたいのに、前の席に座っているレオに絡まれた。

「そんなつれないことを言うなよ、親友。放課後を満喫しようぜ！」

「申し訳ないけどお断りだ。レオも知っての通り今日は色々あって疲れているんだ。帰って寝かせてくれ」

アーマイゼとの模擬戦に勝利したことで何かあるのではないかとエマクローフ先生は危惧していたが、教室に戻ったらむしろ真逆。興奮した様子のクラスメイト達から手荒い歓迎と祝福を受けた。

「おいおい、今日の主役なのにそりゃないぜ！　みんなお前の話を聞きたがっているっていうのによ！」

不満全開で唇を尖《とが》らせながら発したレオの言葉に、クラスメイト達は同意を示すかのように無言で首を縦に振っている。ホント、勘弁してくれ。

「話なら散々ティアリスから聞いたと思うけどまだ必要なのか？」

「そりゃそうだけど俺達はお前の口から色々聞きたいんだよ！」

「なるほど……つまりレオニダス君は私の話だけでは不満だと言いたいんですね？」

怒気を孕《はら》んだ笑顔をティアリスから向けられて、レオは思わずひいっと小さな悲鳴を上げて飛《と》び退《の》いた。

「ルクス君が医務室にいる間を含め、私が知る限りのことを懇切丁寧に話しましたよね？あれでは不十分だったと言うんですか？」

俺がエマクローフ先生と話している間、ティアリスが頬を赤らめて興奮した様子で俺についていて知っていることをクラスメイトに話していた、とルビディアが苦笑いしながら教えてくれた。

「ティ、ティアリスさんの話が不十分ってわけじゃないぜ？　ただ俺としてはやっぱりルクスの魔術適性のことが気になるんだよ！」

「私もルクスの魔術適性には興味がありますわ。今日の模擬戦であなたが使った土、雷、風属性の魔術は素晴らしいものでした」

レオの質問にルビディアが同意したことで、教室中から無言の同意の視線が俺に集まる。

唯一ティアリスだけが苦虫を噛《か》み潰したような複雑な表情をしていた。

「自分の魔術適性が何かは俺が一番知りたいよ。まぁ学園長に聞けばなにかしらわかるかもしれないけど……」

「そうですわよね。自分のことがわからないのは歯がゆいですわよね。ルクス、余計な詮索をしてしまい申し訳ありませんでした。というわけで皆様。話はこの辺でそろそろ解散といたしましょう。自主鍛錬、自主学習をするもよし。寮に戻って休むもよし。自由にお過ごしになってくださいまし」

ルビディアが沈痛な面持ちで言葉を発したことで落ち着きを取り戻したクラスメイト達は、カバンを手に取ってぞろぞろ教室から出て行った。

「ふぅ……ようやく落ち着きましたわね」

「ありがとう、ルビディア。おかげで助かったよ」

「気にすることはありませんわ。むしろ悪いのは私達ですから――ってそんなことよりもルクス。ずっと気になっていたのですが、あなたはいつまでルビディアなんて他人行儀な呼び方をするつもりですか？　そろそろ親しみを込めてルビィと呼んでくださいな」

　優し気な微笑を浮かべて俺の手をそっと握りながらルビディアに言われて俺の心臓がドクンと跳ねる。不意打ちでこういうことをするのは反則だ。

「……わかったよ。それじゃこれからはルビィって呼ばせてもらうよ」

「フフッ。素直でよろしい。さて、そろそろ私はこの辺で失礼させていただきますわ。今日のルクスの模擬戦を見てうかうかしていられなくなりました。ティア、あなたも付き合いなさい」

「どうして私を巻き込むんですか⁉　鍛錬するなら一人でどうぞ。私はこれからルクス君と大事な話をしないと——って引っ張らないでください！」

　そう言ってルビィは何か言いたげにしているティアリスの首根っこを摑《つか》むと有無を言わさず引きずってそのまま教室から出て行った。取り残された俺とレオはただただポカンとその背中を見送ることしか出来なかった。

「あの二人、本当に仲が良《い》いんだな」

「お前が時々見せるそういう呑気《のんき》なところ、俺は嫌いじゃないぜ」

　レオは呆れた様子で言いながらカバンを肩にかける。

「それじゃルクス、俺も行くわ。あれこれ聞こうとして悪かったな。寮でゆっくり休めよ。いつか手合わせしてくれよな」

「あぁ、了解だ。その時は手加減しないからな」

当然だぜ、と快活な笑みを残してレオはティアリス達を追うように足早に教室から去って行った。そして気が付けば教室に残っているのは俺一人になっていた。

本当なら俺も三人と一緒に魔術の自主鍛錬に励むべきなのだろう。けれど多くの生徒が集まるであろう修練場に行けば模擬戦のことを含めて奇異の視線に晒《さら》されることは火を見るよりも明らかだ。

「ハァ……寮に戻って少し横になるか」

しかしこの決断が間違いだったことを夜になって俺は後悔することになる。

＊＊＊＊

「お――い、ルクス。起きてるかぁ?」

二度、三度と繰り返されるノックとともに扉の向こうから名前を呼ばれて俺は目を覚ました。寝惚《ねぼ》けている頭と重たい身体《からだ》に活を入れてベッドから起き上がる。

「ああ、起きてるよ。どうした、レオ？」

「どうしたじゃねぇよ。今何時だと思っているんだ？　飯の時間はとっくに過ぎているのに食堂に来ないから心配して起こしに来たんだよ」

レオに言われて備え付けの時計に目をやると夕飯の時間はとうに過ぎていた。

「まさか寮に戻って来てからずっと寝ていたとか言わねぇよな？」

「……悪いな、レオ。残念ながらそのまさかだ」

マジかよと呆《あき》れるレオ。寮に戻ってきて横になったところまでは覚えているが、そこから先の記憶がない。模擬戦で気疲れしたとはいえここまで眠りこけたのは初めてだ。

「まぁそういう日もあるか。そうだ、飯は俺が持って来てやるからお前は風呂《ふろ》で汗を流してきたらどうだ？」

確かに制服のまま寝ていたせいかいつも以上に寝汗をかき、シャツが背中に張り付いていて気持ち悪い。

「お言葉に甘えてそうさせてもらうよ。ありがとう、レオ」

「いいってことよ！　ほら、ちゃっちゃと行ってスッキリしてこい！」

妙に急《せ》かしてくることにわずかな違和感を覚えつつも俺はタオルを手に取って大浴場へと向かった。

「ハァ……今頃師匠はどこで何をしているのやら」

誰もいない静かな脱衣所で服を脱ぎながら俺は独り言《ご》ちる。師匠が姿を消してから十日余り。無駄に強いあの人のことだから野垂れ死んでいることはないと思うが、借金を重ねていないか心配だ。

「再会したら俺の力について知っていることを洗いざらい話してもらわないとな。ついでに気が済むまでぶん殴る」

なんてくだらないことを考えながら俺は身体を洗って湯船に浸《つ》かる。一人で入るにはあまりにも広いがゆったりと足を伸ばしてくつろげるのはありがたい。師匠と暮らしていた家にも風呂はあったけど狭かったからな。

「ハァ……今日も一日疲れました」

「……え?」

ガラガラッと扉が開いて聞き覚えのある声が浴室内に響き渡った。これは幻聴だと自分の耳に言い聞かせたかったがペタペタと床が鳴らす音も聞こえてきたので、俺は恐る恐る振り返った。どうか気のせいでありますように。

「まったく、ルビィの脳筋ぶりにも困ったものです。延髄に拳を叩《たた》き込んでいるのに何で平気な顔で反撃して来るんでしょうか」

侵入者の呆れ混じりの嘆きに、それは果たして脳筋と言えるのだろうかと思わず心の中でツッコミを入れる。まぁ魔術師なんて生き物は一般人からすれば化け物に違いないが。

「それにしてもどうしてルビィは先に行けなんてしつこく言ってきたのでしょうか。いつもなら一番風呂は絶対に譲らないのに……」

なるほど。侵入者さんも友人に急かされた口か。となるとこの遭遇は偶然ではなく必然と考えた方が良さそうだ。

風呂から出たら首謀者には鉄槌《てっつい》を下さないとな。ただそれはこの場を無事に切り抜けることが出来たらの話だが。

「でもまぁたまには誰もいない湯船に浸かるのも悪くありませんね。なんなら泳いだりするのもありですね！」

「いやティアリス、さすがに湯船で泳ぐのはどうかと思うぞ？」

「どうしてですか⁉　たまには童心に返るのも悪くないと思いませんか？　なんならルクス君も一緒に湯船でバタ足しませんか？　ってどうしてルクス君がいるんですか⁉」

慌てた様子で侵入者ことティアリスは素っ頓狂な声を上げた。湯船で泳ぐとかティアリスらしからぬことを言うので思わずツッコんでしまった。そして驚くよりも前に出来ることなら回れ右してほしい。

浴場の照明と窓からうっすらと差し込む月明かりに照らされたティアリスの姿は呼吸を忘れるほど美しいものだった。

空に燦然《さんぜん》と輝く星を溶かして編まれたかのような銀砂の柳髪、湯気にあてられてほんのり赤く色づいた艶のあるうなじ、タオルを巻いていてもわかる、日々の鍛錬で鍛えられた優美な肢体、瑞々《みずみず》しく張りのある穢《けが》れを知らない白磁の肌。さらに清楚《せいそ》さと艶美さを同時に内包するたわわに実った双丘のせいで弥《いや》が上《うえ》にも目が離せなくなる。

ティアリス・ユレイナスを構成するすべてがまさに神が創った芸術品と言っても過言ではない。俺は心の底からそう思った。

「ル、ルクス君……そんなまじまじと見ないでください。恥ずかしいです……」

「――――！　ご、ごめん！」

身体をタオルで隠したティアリスに恥じらいながらか細い声で言われて、俺は慌てて顔を背ける。肩まで湯船に沈めて高鳴る心臓を必死に宥《なだ》めるが目に焼き付いた裸身のせいでむしろ際限なく加速していく。

「あの……ルクス君」

「は、はい!?　なんですかティアリスさん!?」

不意に声をかけられて今度は俺が素っ頓狂な声を上げた。我ながら恥ずかしいことだが

師匠が借金残して姿を消した時とは違う意味で動揺している。そんな俺の様子を見てティアリスはクスッと笑いを零《こぼ》してから、

「ねぇ、ルクス君。お風呂、ご一緒してもよろしいですか？」

「ティアリスさん？　今なんて？」

「こ、こういう機会でもないと親睦を深められないといいますか、お互いを知るには裸の付き合いが一番といいますか……」

ティアリスが見たことないくらい混乱しておかしなことを次々と口走っている。振り向けないのでどんな顔をしているかわからないが、きっと今の彼女の顔はリンゴのように真っ赤になっているに違いない。

「あぁ、もう！　つまり何が言いたいかっていうとですね！　私はもっとルクス君と仲良くなりたいんです！　具体的にはティアリスって他人行儀な呼び方じゃなくてティアって呼んでほしいんですぅ！」

「………………はい？」

大浴場にティアリスの必死の懇願が反響するが俺の頭は混乱するばかり。思わず振り返って尋ねるが彼女は顔どころか首まで真っ赤にして、拗《す》ねたように頬を膨らませながら主張を続けた。

「ルビディアのことをルビィって呼ぶことになったのに私のことはティアリスって呼ぶのは不公平だと思うんです！　そもそも私とルクス君は短い間とはいえ一つ屋根の下で暮らした仲であり同じ人に技を学んだいわば同志！　それなら親しみを込めてティアと呼んでくれても良いんじゃないですか⁉」

「何をどう転んだらそういう話になるのかさっぱりわからん」

「要するにルビィだけずるいって話です！　私の方が先にルクス君と知り合ったのに……ヴァンベールさんにルクス君のことを頼まれたのだって私なのに……」

威勢はどこかに消え去り一転してしゅんと俯《うつむ》くティアリス。情緒不安定にも程がある。

一体どうしたものか悩んでいると、ティアリスはお湯を掬《すく》って身体を清めて湯船の中に入るとそのまま俺の隣に腰を下ろした。

ピトッと彼女の肩が触れて声にならない悲鳴が漏れるが、そんな俺の気などお構いなしにティアリスがどこか懐《なつ》かしむような顔で話し始める。

「ルクス君のことはヴァンベールさんから、私と同い年で自分を凌《しの》ぐ戦技と魔術の才能を持ち、自分には劣るけどそれなりの美形で——等々たくさん聞いていました。だから実を言うとルクス君に会える日をずっと楽しみにしていたんです」

そう言えば初めて会った時にそんなようなことを言っていたな。というか変なところで見栄《みえ》を張るなよ馬鹿師匠。

「死に物狂いで剣を振り、血反吐《ちへど》を吐きながら魔術を覚える。自分でも無茶苦茶な修行をさせているのはわかっている。だけどあいつには俺のようになってほしくないからとヴァンベールさんは悲しげに話していました」

どうして突然そんなことを、とは言えなかった。むしろ師匠がそんな風にティアリスに話していたなんて驚きだった。俺の前では悲しげな顔なんてしたことがないのに。

「だからルクス君と初めて会った時は凄《すご》く嬉《うれ》しかったですし、それが顔に出ないようにするのが大変でした」

そう言ってクスッと笑うティアリス。そんな風には見えなかったけどな。セルブスさん達を相手に威風堂々とした立ち振る舞いは立派なものだった。

「それから一緒に学園に通うことになって、色々ありましたが同じクラスになりました。共に勉学に励み、寮とはいえ一つ屋根の下で寝食を共にしています。だからそろそろ私のことをティアと呼んでくれてもいいんですよ？」

「うん、途中まではよかったのに最後の最後で台無しだからな？」

「だって……ルビィより私の方がルクス君のことを知っているのに、親しげにしているのがなんか悔しくて……そしたらレオニダス君が〝俺にいい案がある〟って言ってくれたんです」

これで首謀者がはっきりした。後できっちり問い詰めてやる。というかティアリスは気付いていないかもしれないが間違いなくルビィも一枚噛《か》んでいるな。そうじゃなきゃ男女別々のはずの大浴場で俺とティアリスが二人きりになる状況なんて作れるはずがない。

「まさかルクス君と一緒にお風呂に入るとは思ってもいませんでしたけどね。まぁルクス君が意外とむっつりさんだったことがわかったのは収穫でしたけど」

「むっつり言うな。そもそもの話、突然ティアがバスタオル姿で現れたらドキドキして目が離せなくなるに決まっているだろうが……」

今もこうして肩を並べて湯船に浸かっているだけで心臓が口から飛び出そうになっているんだぞ、俺は。平然としているティアの方がどうかしている。

「こう見えて私だってまさかの事態にドキドキしているんです！　でもさっきも言ったようにルクス君と心の距離を縮めてティアって呼んでもらうためにはこうするしか――ってあれ？　ルクス君、今なんて言いましたか？」

キョトンとした顔で尋ねて来るティア。呼んでほしいって言っていたわりに反応が薄すぎやしないか。

「なんだよ、狐《きつね》につままれたような顔をして。ティアって呼ばれるのはやっぱり嫌になったのか？」

「ち、違います！　ちょっとびっくりしただけです！　というか不意打ちは卑怯《ひきょう》だと思います！　もう少しムードというか雰囲気というか……少しは乙女心に配慮してください！」

嬉しそうに、しかしわずかな不満を示すかのように頬を膨らませてずいっと顔を近づけて来るティア。熱い湯船に浸かっているので上気しているし、額から胸元にすぅっと零れる汗も妙に艶《なま》めかしい。

「わ、悪かったな。そういうことは師匠から教わってないからわからないんだ。というか少し離れてくれると非常に助かるんだけど……色々目のやり場に困る」

「フフッ。ルクス君が望むなら……見せてあげてもいいですよ？」

視線に気付いたのかティアは舌なめずりをしながらバスタオルの胸元をわずかに広げてその深奥《しんおう》に隠された果実の上辺をチラリと見せつけて来る。

「ティ、ティア……何を考えて……？」

突然のことに頭がパニックを起こしたのか何も考えられなくなる。だがティアはそんな俺の心情などお構いなしにピトッと俺の胸に手を当てながら潤んだ瞳を向ける。

「最初に言いましたよね？　裸の付き合いこそ親睦を深める最高の手段だと。恥ずかしいですけどルクス君になら私の全てを見せても――」

「ティア、それ以上はさすがに……」

「――なんて、冗談ですよ！　そんなことしたら親睦を深めるどころか私はただの痴女になってしまうじゃないですか――痛いっ！」

すでに痴女に片足突っ込んでいるよと心の中でツッコミを入れつつ、俺は彼女の頭に容赦なく手刀を落として湯船から出る。

「ルクス君、上がっちゃうんですか？　もう少しお話しましょうよ！」

ティアの猫撫《ねこな》で声《ごえ》に一瞬揺れるが俺は心を鬼にして浴場を後にした。本音を言えばもう少し一緒にいたかったが俺にはやることがある。

「レオ……許すまじ」

この後、部屋に戻った俺がにやけ面で待ち構えていた友人の頭に魔力で強化した拳を叩《たた》き込んだのは言うまでもない。

幕間《まくあい》　蠢《うごめ》く闇

太陽が沈み、月が不気味に輝く深夜。ラスベート王国魔術師団に所属する二人の若き魔術師は王都の街並みを警邏《けいら》していた。

最近王都では魔術師を狙った襲撃事件が連続して発生しており、すでに三名が犠牲になっている。そのため現在は犯人確保のための非常警戒態勢が敷かれていた。

その犯人についてだが、わかっていることは少ない。その理由は被害者全員が惨殺《ざんさつ》されてしまっていることと、犯行は深夜の警邏任務中を狙っているので目撃者がいないことだ。

その中でわかっているのは、現場に残された魔力残滓《ざんし》から雷属性の魔術の使い手であること。また遺体はみな槍《やり》のような物で心臓を貫かれており、他に目立った外傷もないことから反撃する間もなく一撃で仕留められたということ。すなわち犯人はかなりの強者であるということだ。

「先輩……今夜も犯人は現れると思いますか？」

「さぁな。ただ出て来てくれないことには捕まえられないから困るけどな」

震える声で尋ねてきた新米魔術師に先輩魔術師——名をトラヴィスという——は怒気を孕《はら》んだ声で答えた。

彼は自分達の仲間が相次いで殺害されていることに加え、その中に彼が入隊した時にお世話になった恩人も含まれていたのでこの状況に腸《はらわた》が煮えくり返っていた。

「出来ることならぶっ殺してやりたいところだが、犯人は何としてでも俺の手で捕まえてやる。それが俺に出来る亡き恩人への恩返しだ」

「先輩……」

「お前にも協力してもらうからな。まぁ遭遇したらの話だけど——」

「——こんばんは、ラスベート魔術師団のお二人さん。こんな夜更《よふ》けに出歩くなんて不用心だぜ？」

突然背後から声をかけられて二人は慌てて振り返る。

背後の空間がぐにゃりと揺らぎ、気味の悪い薄ら笑いを浮かべた一人の男が現れた。男の首から頬にかけて雷光のような刺青《いれずみ》が刻まれており、その手には一本の禍々《まがまが》しい気を放つ長槍が握られていた。

「お、お前は——⁉」

「お前だな⁉　最近ラスベート魔術師団の魔術師を殺害している犯人は！」

「だとしたらどうする、小僧？　俺を捕まえるか？　それとも仲間を殺された報復で俺を殺すか？」

「ラスベート魔術師団としてお前を捕縛する！　そうですよね、先輩！」

頼りになる先輩魔術師のトラヴィスに声をかけるが珍しく返事はない。むしろ彼の顔からは血の気が引いており、身体《からだ》も小刻みに震えていた。尋常ではない反応に新米魔術師も不安を覚える。

「ど、どうしたんですかトラヴィス先輩。もしかしてあいつのことを知っているんですか？」

「ら、雷禍《らいか》の魔術師――ダベナント・キュクレイン……！」

トラヴィスは何とか口から言葉を絞り出すが、その声は恐怖に震えていた。その様子を見た下手人は満足気な顔をする。

「ほぉ……若いのによく知っている。俺も有名になったもんだなぁ」

そう言ってケラケラと下手人ことダベナント・キュクレインは笑った。想像以上の大物の出現にトラヴィスは戦慄する。

ダベナント・キュクレイン。金のためなら何でもする人物で魔術師、非魔術師に関係なく依頼があれば殺害する正真正銘の外道。しかしその実力は本物で、雷属性の魔術と槍《そう》術《じゅつ》で確実に心臓を穿《うが》つことからついた二つ名が〝雷禍の魔術師〟。

「ラスベート王国のみならず大陸全土で指名手配されている男がどうして……!?」

「それを聞くか？　金のために決まっているだろう。とはいえ俺もラスベート魔術師団に喧嘩《けんか》を売りたくはないんだが、今回に限っては個人的な興味もあって格安で引き受けることにしたんだよ」

そう言ってダベナントは再び笑う。

聞いてもいないことまで簡単に事情を話すということは、自分の力に絶対の自信を持っている証左。トラヴィスは舌打ちするのを堪《こら》えてこの状況を打破する手立てを必死に考える。

二対一とはいえ相手は王国最高戦力【アルシエルナイツ】の魔術師に匹敵する実力者。二人がかりで戦ったとしても敗北は必至。なら自分がなすべきことは――

「俺が時間を稼ぐ。お前は今すぐここから離れろ」

「トラヴィス先輩!?　何を言って――！」

「口答えするんじゃない！　普通に戦っても二人とも犬死にするだけだってことがわからないのか！」

有無を言わせぬ圧を言葉に込めてトラヴィスは出来の悪い新米を叱咤《しった》する。死ぬのは自分一人でいい。優先すべきは犯人が雷禍の魔術師であることと彼に依頼した何者かがいるという情報を上層部に伝えること。

「俺が時間を稼ぐ。お前は生きろ。生きて……俺の仇《かたき》をとってくれ。頼んだぞ」

「トラヴィス先輩……わかりました……！」

新米魔術師は嗚咽《おえつ》を堪《こら》えながら力強く頷《うなず》いた。その姿にトラヴィスは満足し、ありったけの魔力を全身に巡らせて戦闘態勢を整える。その様子をダベナントは獲物を値踏みする捕食者のように下卑た笑みを口元に浮かべながら見つめる。

永遠とも感じられる静寂が流れる。この緊迫を打ち破ったのは――

「走れぇ――――‼」

トラヴィスは腰に挿した剣を抜き放ちながら叫び、ダベナントへ突貫を仕掛ける。頼りになる先輩の命を懸けた時間稼ぎを目に焼き付けることなく全速力でこの場から離脱する。

「やれやれ……決死の覚悟でかかって来るのは別に構わないが、如何《いかん》ともしがたい実力差を埋める努力をしてほしいもんだぜ」

ダベナントは眼前に剣が迫っているにもかかわらず肩をすくめてため息を吐《つ》く。その余裕の態度にトラヴィスの怒りは一気に最高点に達し、繰り出した一閃《いっせん》は彼の生涯で最も速く鋭いものとなった。

「——遅い。致命的にな」

しかしその一撃は虚《むな》しく空を切り、代わりにトラヴィスは胸に激痛を覚える。それがダベナントが無造作に突き出した槍によって心臓を穿たれた痛みだと気付く前に追撃の雷撃が全身を駆け巡り、トラヴィスは絶命した。

「ほぉ……すでに離脱したか。一瞬でも時間を稼げれば何とかなると確信があったというわけか。やるじゃないか」

ヒュゥと口笛を吹いてダベナントは黒焦げの死体となったトラヴィスへ賞賛の言葉を贈った。ラスベート魔術師団もまだまだ捨てたものではない。

「楽しむのは結構ですがちゃんと仕事はしていただかないと困りますよ、ダベナントさん」

闇夜がぐにゃりと歪《ゆが》み、ダベナントの前にフードを目深《まぶか》に被《かぶ》った人物が現れた。この人物こそ雷禍の魔術師にラスベート魔術師団の魔術師殺害等を依頼した人物である。

「それはとんだ言いがかりだな。おたくらの依頼はラスベート魔術師団の魔術師を四人殺せって話だったはずだぜ？　そしてご覧の通り、こいつで四人目だ」

そう話しながらダベナントはトラヴィスの遺体を小突く。フードの人物は何も言わず、代わりに肩をすくめて嘆息を零《こぼ》す。

「貰《もら》った金の分の仕事はきっちりこなすのが俺の流儀だからな。それに一人逃がしたところで俺の情報が出回るだけ。肝心の依頼元が誰かまでは突き止めることは出来ないさ」

「さすがは大陸を股にかけて暗躍する外道魔術師。そこまで考えていたとは驚きです」

「褒めても依頼料はびた一文割引しないぜ？」

「フフッ、そんな無粋なことは言いませんよ。仕事に対してきっちりと対価を支払うのが我々の流儀ですから」

フードの人物は遺体に近づくとおもむろに手を縦に振り下ろした。トラヴィスだったものの頭が胴体から切り離される。それをゆっくりと拾い上げて、

「これで全ての準備は整いました。あとは時を待つのみ。ダベナントさんにはもうひと働きしていただきますよ」

「わかっているさ。そこまでが依頼だからな。むしろ俺としちゃここからが本番だ。なにせあの男の忘れ形見……ヴァンベール・ルーラーの息子と戦えるんだからな」

ダベナントの口が獰猛《どうもう》な肉食獣のように大きく歪み、身体からはトラヴィス達と対峙《たいじ》していた時には出さなかった濃密な殺気が溢《あふ》れ出《だ》す。

「怖い怖い。これ以上近くにいたら殺されてしまうかもしれないので私はこの辺で失礼させていただきます。決行日はまた後日改めて」

それではと言い残してフードの人物は闇の中へと消えて行った。その背中を見送ったダベナントは鼻を鳴らして呟《つぶや》く。

「何を考えているのかは知らねぇが、せいぜい利用させてもらうぜ……〝終焉《しゅうえん》教団〟さんよ」

第6話　王都散策

学校が休みとなる週末。俺、ティア、ルビィ、レオの四人は歴戦の猛者《もさ》達の魔術を生で観《み》るため王立闘技場に設けられた貴族専用のＶＩＰ席に来ていた。

ちなみに発案者はルビィ。どうしてこういう話になったのかというと、数日前に図書室で『魔術技能科』の課題を行っていた時のことだ。

「課題の内容は『魔術の修得方法についての考察』でしたわね」

「魔術の修得ってつまり詠唱を覚えることだろう？　それはみんな同じなんじゃねぇのか？」

レオが頬杖《ほおづえ》を突きながら言った。教科書や図書室にある魔術書には属性ごとに数多くの魔術名と詠唱が記載されていて、『この魔術を発動させる詠唱はこういう内容です』とある。

そして書いてある通りに詠唱を唱えれば魔術は発動するし、発動すれば修得出来たと言えなくもない。しかしそれではあまりにも不十分だ。

「レオはさ、そもそもどうして詠唱を唱えたら魔術が発動するか考えたことってあるか？」

「……ん？　どういう意味だ？」

キョトンと首を傾《かし》げるレオ。何を言っているんだと心の声が聞こえてきそうな顔だな。

隣に座っているルビィは興味深そうに目を細め、ティアはこれから俺が何を話すのかを察しがついているのか笑みを浮かべている。

「マックール先生が、詠唱は世界を変革して奇跡を起こすための許可を星に願う祈りのようなものって話していただろう？　だけどここでいう〝世界〟っていうのは目に見えている世界のことじゃなくて実際は内側、つまり自分自身が持っている世界のことを指しているんだ」

「自分自身の世界？　そりゃどういう意味だ？」

「そうだな、わかりやすい話だと……レオは覚えた通りに詠唱を唱えても魔術が発動しないって経験したことないか？」

「あぁ、それならあるぜ！　というかそれこそみんなあるだろう？」

「私もありますわ。ですが繰り返すうちにいつしか使えるようになりましたが……もしかしてそれが自分自身の世界を変革するということなのですか？」

レオは頷きつつもまだ疑問符を頭の上に浮かべているが、どうやらルビィは俺が言わんとすることに気が付いたようだ。

「そういうこと。つまり詠唱っていうのは単なる言葉の羅列ではなく〝この魔術はこういうものだ〟っていう自分の中の常識を変革する暗示なんだ。だからマックール先生は〝詠唱は発動する魔術のイメージを補完するものでもある〟って付け足したんだ」

何もない所から風を生み出して弾丸として相手に向けて飛ばす魔術を例にしてみよう。

そもそも常識では風は形を持たない。まずその常識を変革し、風を弾丸状に圧縮して固めて敵に向けて高速で射出。着弾の瞬間に衝撃波を発生させてダメージを増加させる魔術である、と詠唱を通してイメージをして自己暗示をかける。

これで発動するのが模擬戦でアーマイゼが使った《ヴェントス・バレット》という風属性の第二階梯《かいてい》魔術だ。

「ですから魔術を修得する上で大事なのは、ただ詠唱を覚えることではなく、覚えたい魔術がどんなもので、世界にどういう影響を及ぼすのかをしっかりと理解しておくことなんです」

俺の言葉を引き継ぐようにティアが解説してくれた。師匠が同じだからやっぱり同じ話を聞いていたか。俺とティアは目を合わせて思わず笑みを零した。

師匠曰《いわ》く、第四階梯までの詠唱はその多くが矢とか剣とか盾とかイメージしやすいものばかりで、それをどのように放つか――例えば〝驟雨《しゅうう》のように〟――もわかりやすいので理解もしやすい。だがそこから上はそうはいかない。

「第五階梯以上の魔術の修得が難しいっていうのはこれが理由なんだ。詠唱の内容が女神の涙とか月下とか、像のない不定形で抽象的なものになるから魔術のイメージがつかなくて自己暗示もかけられないんだ」

「……なるほどな。ただ詠唱を覚えるだけじゃ第五階梯以上の魔術を修得出来ないってことか。マックール先生が才能の世界だって言っていたのも頷《うなず》けるぜ」

レオが言いながら重たいため息を吐く。高い階梯の魔術を使えることは評価には繋《つな》がるが必ずしも強さに直結するとは限らない。だがきっと今のレオには伝わらないだろう。

「つまりルクスの話ですと、どんな魔術か理解して自分の中でイメージを固めることが出来れば、たとえ第五階梯以上の魔術であっても修得は出来る。そういう理解でよろしいですわね？」

「師匠から聞いた話、って注釈は入るけどその理解で問題ないよ」

「ただ一番の問題は第五階梯以上の魔術を見る機会がそうそうないってことですよね」

「それこそ王都で開かれている【闘技場】の【王冠】リーグの試合でも滅多に目にすることはありませんわ」

セルブスさんが俺を出場させようとしていた魔術師同士が合法的に殺し合う闘技場。その中でも最高峰のリーグ、それが【王冠】だ。たとえ高階梯の魔術が見られなくても一流同士の魔術戦は観るだけでも価値がある。現に俺も何度か師匠と一緒に観戦したことがある。まぁ非合法な試合だったけど。

「そもそもの話、見たところで何が起きたかわからねぇよ。ルクスが使った第四階梯魔術ですらやっとだぞ、俺は」

ぐでっとテーブルに突っ伏すレオ。悲嘆に暮れてすっかり自信を無くした様子の彼にどんな言葉をかけようか俺とティアが悩んでいると、

「やる前から泣き言を漏らすなんて情けないですわよ。ちょうどいい機会です。明後日《あさって》の休みに【闘技場】を観に行きますわよ。ティアとルクスも構いませんね？」

「もちろんです。ルクス君もいいですよね？　一緒に【闘技場】を観て、そのあとは気分転換に王都を散策しましょう。随分と遅くなりましたが私が案内してあげます」

俺が王都に来てからひと月近く経《た》つが、勉強やティアとの鍛錬で忙しくてじっくり王都

を歩いたことはまだないから確かにこれは良《い》い機会だ。それに最高峰の魔術師同士の戦いは一度観ておきたい。

「そうだな……うだうだしてたって何も始まらねぇわな。よし、俺も一緒に行くぜ。本場王都の闘技場がどんなものかこの目で確かめてやる！」

「切り替えが早いのはいいことですわ。では明後日は朝の十時に国立闘技場に集合ということでよろしいですわね。入場券は私が責任を持って手配しておきますわ」

国立闘技場で魔術師同士の戦いを観戦するためには当然のことながら入場券が必要になるが、老若男女《ろうにゃくなんにょ》問わず人気なため入手するのは困難なはず。だが、そこはヴェニエーラ家の力を使うということか。ちゃっかりしているな。

「では今日のところはこれで解散ということで。ルクス、貴重な話をどうもありがとう。魔術に対する理解が深まった気がしますわ」

「お役に立てたようで何よりだ。明後日の【闘技場】、楽しみにしているよ」

「フフッ。特等席を手配しますので楽しみにしていてくださいな。それではみなさん、ごきげんよう」

ＶＩＰ席は部屋として観客席からは独立していて、闘技場全体をガラスの窓越しに一望出来るようになっている。置かれている椅子やテーブルは一目で高級品であることがわかるし、試合を観ながら食事も出来るようになっている。これなら一日中いることも出来そうだ。

そんな選ばれた者しか入れない部屋の中で、ジュースを飲みながら闘技場で行われている試合を観戦しているティアやルビィと対照的に、レオは生まれたての小鹿のように身体《からだ》をプルプルと震わせている。

「な、なぁルクス。俺達はどうしてこんな快適な空間で優雅に試合を観戦しているんだ？」

「……レオ、いい加減諦めて現実を受け入れるんだ」

俺は頭《かぶり》を振りながら、ティアの傍《そば》付きメイドのシルエラさんが用意してくれたジュースに口を付ける。柑橘《かんきつ》系の果物を絞って作られているので味がとても濃厚で、それでいてのど越しもスッキリとしているので何杯でも飲めそうだ。

「あら、二人は私が粉骨砕身して用意したこの特等席に不満でも？　特にレオ。これはあなたのために用意した席でもあるのですよ？　だというのにあなたは先ほどからずっと心ここにあらずではありませんか！　温厚な私でも限度というものがありますわよ？」

「温厚な人はいきなり怒鳴ったりしないと俺は思うけどな⁉　そもそも俺はルビディアやティアリスと違ってこういう場所に慣れてないんだよ！　というかルクスはなんで平然としているんだよ⁉」

そんなの絶対におかしいだろうと地団駄を踏みながら叫ぶレオ。正直なところ、一時期ユレイナスのお屋敷《やしき》で暮らしていたせいか、俺もこういった部屋にはもう慣れてしまっている。

「あとごく自然に溶け込んでいるから忘れそうになるけど、どうしてここに美人なメイドさんがいるんだよ⁉　どちら様ですか⁉」

レオの視線の先に立っているのは他でもない、ユレイナス家に仕えるティア専属のメイドであるシルエラさんだ。

「彼女はシルエラ・ピウス。私の専属のメイドです。ついてこなくても大丈夫と言ったのですが聞く耳を持ってくれなくて……」

はぁとティアはわざとらしくため息を吐《つ》きながら肩をすくめて、直立不動で待機しているシルエラさんのことをレオに紹介した。

朝家を出る時、さもそれが当然のようにシルエラさんは俺達に付いて来ようとした。その際にティアが話した通りひと悶着《もんちゃく》あり、結局最終的にティアが根負けした形となった。

シルエラさんは優雅に一礼しながら挨拶を済ませると、おざなりな紹介をした主《あるじ》に向かってこう言った。

「ティアリス様の身の回りの世話をするのが私の仕事です。外出されるというのならご一緒するのは当然のこと。私から仕事をとらないでください」

「私が出掛けるのに同席するのは当然のことでもなければ仕事にも含まれません！　まったく。いつまでも私を子ども扱いしないでください」

頬を膨らませながら拗《す》ねたように言うティア。長年一緒に過ごしているので、シルエラさんにとってティアはいつまでも可愛《かわい》い妹のような存在なんだろうな。

「私は外で待機しておりますので、何か御用がありましたら何なりとお申し付けください。それでは失礼いたします」

再び一礼してからシルエラさんは部屋から静かに出て行った。ティアは恥ずかしそうに顔を手で覆い、ルビィはどこか羨ましそうな表情を浮かべ、レオは呆《ほう》けた顔でシルエラさんが出て行った扉を見つめている。

「あらあら。その顔はもしかして……あのメイドさんに一目惚《ひとめぼ》れでもされたのですか？」

「そ、そんなんじゃねぇよ!?　いきなり何を言い出すんだよ！」

ルビィの問いかけにボンッと一瞬で顔を真っ赤にしながらレオは答えた。けれど彼の声は震えているし目も泳いで、動揺しているのは一目瞭然だ。

「フフッ、なるほど。レオニダス君はシルエラさんのような女性が好みのタイプなのですね」

「だからそんなんじゃねぇって言ってるだろうが！　というか試合を観《み》ろ、試合を！　そろそろ『王冠』リーグの試合が始まるぞ！」

強引に話題を変えるべく、レオはぶっきらぼうに言いながら闘技場を指さした。すでに数試合が行われているが、それはこれから始まる、頂に立つ魔術師達の激闘を盛り上げるための前座に過ぎない。

『会場にお集まりの皆々様、大変長らくお待たせいたしました！　ただ今より本日のメインイベント王冠リーグの試合を開始いたします！』

この宣言に観客達の熱気は一気に最高潮に達する。しかしこの後の発表に興奮は驚愕《きょうがく》へと変わる。

『そして本日の試合は予定を変更して！　なんと史上最年少で我がラスベート王国が誇る【アルシエルナイツ】に入隊したあのカレン・フォルシュが電撃参戦だぁ！』

一瞬の静寂の後、闘技場全体が大きく揺れるほど盛大な歓声が鳴り響く。それはこの部屋の中でも同様で、

「おいおいおい、マジかよ⁉　期待していなかったわけじゃねぇが本当に【アルシエルナイツ】が出てくるのかよ⁉」

レオは額に手を当てながら驚きの声を上げ、ティアやルビィは闘技場に悠然とした足取りで闘技場に入って来た女性に鋭い視線を向けている。なるほど、彼女が以前ティアの話していた若き天才か。

それにしても、まさか【アルシエルナイツ】に所属している魔術師が【闘技場】の試合に出てくるとは。もしかして暇なのか？

「史上最年少で【アルシエルナイツ】に選ばれた天才魔術師の実力をこの目で見ることが出来るなんてまたとない絶好の機会ですわ」

「対戦相手の方は――タルタルーガ・ライノッセみたいですね。確か地属性魔術の使い手、でしたっけ？」

カレンさんの反対側から闘技場に入場してきたのは、彼女より二回り以上大きな身体をした屈強な男性だった。

凶悪な容姿と肩に担《かつ》ぐようにして持っている戦斧《せんぷ》とが相まって、魔術師というより戦場を渡り歩く傭兵《ようへい》のような印象を受ける。ただ最高峰の魔術師のみが出場を許される『王冠』リーグに出場するということは、魔術師として相応の実力を有していることは間違いない。

「ティアリスの言う通り、対戦相手のタルタルーガ選手は地属性魔術の使い手だ。見た目とは裏腹に動きは俊敏で暴風のような戦い方が特徴の脳筋魔術師だ」

「へぇ、そうなのか。というかレオ、やけに詳しいな」

「そりゃもちろん！『王冠』リーグで戦うことも俺の夢の一つだからな！　出場している魔術師の名前と魔術適性はだいたい頭に入ってるぜ！」

得意気な顔でレオは話しながら、彼は子供のように瞳を輝かせながら闘技場に熱い視線を送っていた。

『それではこれより、カレン・フォルシュ対タルタルーガ・ライノッセの試合を開始いたします！』

ひときわ大きな歓声が起こる中、美女と野獣は視線を交わしながらゆっくりと決められた位置に立つ。部屋の中にいても伝わって来る両者の覇気。しかしその質は全く異なり、片方は静謐《せいひつ》な清流だがもう一方は獰猛《どうもう》な肉食獣のそれのよう。

ゴクリと息を呑《の》む観客達。そして――

『試合――開始っ‼』

開戦の火ぶたが切られた。

＊＊＊＊＊

「いやぁ……それにしてもさっきの試合はヤバかったな。同じ魔術師とは思えないくらいの迫力だったぜ」

「これぱかりはレオニダスに同意ですわ。カレン・フォルシュ……【アルシエルナイツ】に選ばれるだけのことはありますわね」

カフェに移動して昼食を食べながら、レオとルビィは先ほど観た試合の感想を熱く語り合っている。それだけすごい試合だった。そもそも試合になっていたかは怪しいところではあるが。

「カレンさんの魔術、すごく綺麗《きれい》でしたね、ルクス君」

「そうだな。あんな綺麗な魔術、初めて見たよ」

カレン・フォルシュの魔術適性は火と氷の二つ。全てを焼き尽くす業火《ごうか》の炎と全てを凍《い》てつかせる絶対零度の氷。相反する二つの属性から生み出された多彩な魔術は圧巻の一言に尽きる。

「対戦相手のタルタルーガも本当は凄《すご》い魔術師なんだぜ？　でも今回ばかりは相手が悪すぎたな」

レオは一緒に注文した砂糖たっぷりのコーヒーを飲みながら同情の言葉を口にする。彼の言葉にルビィもうんうんと頷《うなず》いて、

「タルタルーガ何某《なにがし》が得意とする戦い方は魔術と戦斧を併用するスタイルなのでしょうが、確かに今回は相手が悪すぎましたわね。いくら強力な一撃を繰り出せようとも、近づくことすら出来なければ意味がありませんわ」

「守りに徹するので精一杯だったしな。同じ地属性に適性を持つ身とすれば、あれは理不

尽すぎるぜ」

　肩をすくめながらため息を吐《つ》くレオにルビィも同意する。それくらい圧倒的な試合で、観客達の大半は途中から歓声を上げることを忘れて、ただただカレンという新進気鋭の天才魔術師が次々と繰り出す魔術に見入っていた。

「気にしてもしょうがないさ。なにせ向こうは現役最強の魔術師部隊の一人で俺達はまだ学園生なんだからな」

「落ち込んでないから大丈夫だぜ、ルクス。むしろ落ち込むことすら出来ないくらいの力だったからな。俺は俺なりに精進していくさ」

　ぐっと親指を立ててレオは笑った。どうやら今日の観戦は彼にとっていい刺激になったようだ。

「なぁ、ルビィ。話は変わるけど、このお店ってもしかしてロイド先生と何か関係があったりするのか？」

　俺はずっと気になっていたことをルビィに尋ねた。

「あっ、それは俺も気になっていたんだよな。なにせ店の名前がローレアムだからな！もしかしてここがロイド先生のご両親が経営しているお店だったりして？」

「ご名答。レオの言う通り、このカフェのオーナーはロイド先生のご両親で、王都でも指折りの名店と評判ですのよ！」

「やっぱりそうだったか！　なんかこうしてみるとロイド先生を思い知るぜ。血統の上積みがないのに王立魔術学園の講師になっているんだからな」

「――キミ達、私の話をするのは構わないが少しは声の大きさを考えたまえ。他のお客様の迷惑になっているぞ？」

　後ろの方から聞き馴染《なじ》みのある声がしたので振り返ると、噂《うわさ》のロイド先生が呆《あき》れ顔《がお》で立っていた。

「休みの日まで一緒にいるとはずいぶんと仲が良《い》いのだな。今日は何をしにきたのだ？」

「【闘技場】で試合を観て来たんです。そしたら偶然【アルシエルナイツ】のカレンさんが出場してびっくりしました」

「ほぉ……今日の【闘技場】にカレン・フォルシュが出場したのか。結果は――キミ達の顔を見れば一目瞭然だな。どうやらまた腕を上げたようだな、あの暴走娘は」

　ティアの答えを聞いたロイド先生は懐《ふところ》から煙草《たばこ》を取り出して火を付けながら過去を懐《なつ》かしむように言った。

「カレン・フォルシュはロイド先生の元教え子だと伺っておりますわ。彼女は学園に在学している時から凄かったのですか？」

「いいや、その逆だ。入学当初の彼女は並の魔術師に過ぎなかった。むしろ落ちこぼれの部類に入っていた。火と氷の相克する属性の扱いに四苦八苦していたのは今でも覚えているよ」

ルビィの質問にロイド先生は苦笑いをしながら答えた。その内容に俺達は衝撃を覚える。あれほどの人が落ちこぼれだったとは。

「しかし彼女は愚直なまでの努力家でね。周囲にどんなに笑われようとも、こちらがいくら心配しようとも、毎日遅くまで血の滲《にじ》むような鍛錬を欠かさなかった。その結果、卒業する頃には彼女は学園で最も優れた魔術師となり、史上最年少で【アルシエルナイツ】に選ばれた」

「それは……凄《すさ》まじいですね」

俺は思わず呟いた。落ちこぼれと蔑まれながらも自分を諦めず、王国最強の魔術師部隊に入隊する力を付けるまでにいったいどれほどの鍛錬を積んだのだろうか。

「ルクスの言う通りだ。あの子は凄まじい子だ。けれど彼女と同じことをしろと私は言うつもりはない。むしろ同じことをしたら確実に壊れる」

「あの方の鍛錬はそれほどのものだったと……ですが、それくらいしないと【アルシエルナイツ】には選ばれないということですわね？」

珍しくルビィが弱気なことを言うがロイド先生は頭《かぶり》を振りながら、
「いいや、そうとは限らない。何事も質と量のバランスが大切だ。カレンは不器用という
どうしようもない欠点を死に物狂いの鍛錬で補ったがキミ達はそこまでする必要はない。
才能という点においてはここにいるキミ達はみなカレンと比べても遜色はない」
あとはそれをどう磨いていくかだ、とロイド先生は言って口元に笑みを浮かべながらふ
うと静かに紫煙を吐き出した。
「それにキミ達はまだ学園に入学してひと月あまりしか経《た》っていないのだ。気負うことは
ない。気楽にいくといい」
そう締めくくって、ロイド先生は去り際にポンとレオの肩を叩《たた》いてから俺達の席から離
れ、そのまま店を後にするのだった。

＊＊＊＊

カフェを出た俺達はそのまま王都を散策することになった。
俺達がいるのは女性向けの洋服店。店内にいる客はほとんどが女性で可愛《かわい》らしい物から
大人びた物まで取《と》り揃《そろ》えてあり、学園では何かにつけていがみ合うことが多いティアとル

ビィもこの時ばかりは休戦協定を結んで静かに服を選んでいる。

「なぁ、ルクス。女子の買い物は長いっていうから俺達は俺達で別の店を見に行かないか？　というか行こう」

俺の肩を摑《つか》みながらレオが切実な顔で訴えて来る。確かに彼が暗に訴えている通り、女性ばかりの店内に男二人が交じっているのは場違いも甚だしい。だから俺は無言で頷いてこの場からレオと一緒に離れようとしたのだが、

「ねぇ、ルクス君。ちょっと相談したいことがあるんですけどいいですか？」

ティアに袖を摑まれてしまって逃走は失敗に終わった。すまないと頭を下げるとレオは口をあんぐりと開け絶望した顔でひらひらと手を振った。

「あらかじめ言っておくけど、俺は洋服のことはさっぱりだよ？」

「大丈夫です。ルクス君の素直な意見を教えてください」

そう言って微笑《ほほえ》みながらティアが手に取ったのは白地に花柄のシンプルな丈の長いワンピースだった。

「私的にはこのワンピースがすごく可愛いと思うんですけど、ルクス君から見てどうですか？　可愛いですか？」

言いながらティアは洋服をパッと広げて自分の身体《からだ》の前で合わせる。夜空に浮かぶ星の

ように美しい銀砂の柳髪に白のワンピースの相性は抜群だった。大人びた清楚《せいそ》感と愛らしい花柄のデザインも良い。そもそもティアに似合わない服なんてあるのかすら怪しいくらいだ。俺は素直な感想を伝えることにした。

「どう思うも何も……似合うと思うよ。月並みな言葉しか言えないけど、ティアが着たら絶対に可愛いと思う」

自分で不思議に思うくらい、自然と口から言葉が溢《あふ》れる。しかしそれを意識した瞬間、顔から火が出るくらい恥ずかしくなった。服の感想を聞かれただけなのに何を言っているんだ、俺は。

「そ、そうですか？　可愛いですか？　ルクス君がそこまで言うならこれにしようかな……」

けれどティアの方も俺と同じように顔を真っ赤にして、身体をもじもじさせながら上目遣いで見つめてくる。

「そちらのお洋服、お客様にお似合いだと思いますよ。もしよろしければ試着してみますか？」

「は、はい。それじゃそうさせていただきます。ルクス君、少し待っていてくださいね」

そう言い残してティアは店員さんとともに店の奥へと消えて行った。ティアが戻ってく

るまで暇になったわけだが、そう言えばレオはどこに行った。まさか本当に逃げたんじゃないだろうな。

「なぁ、ルビディア。今の二人のやり取りを見たか？　あれは一体何だと思う？　俺達は一体何を見せられたんだろうな？」

「強いていうならば青春の一風景、といったところですわね。それよりも今のやりとりを見て確信しました。もしかしたらと思っていましたが、やはりルクスは女誑《おんなたら》しだったようですわ」

「ハハッ、違いねぇ。澄ました顔で〝似合うと思うし着たら絶対に可愛い〟なんて天地がひっくり返っても俺には言えない台詞《せりふ》だわ」

「いえ、それは胸を張って言うことではありませんわよ？」

「お前達……」

最悪なことに、振り返ると心底呆れた様子で肩をすくめるレオとルビィのコンビが後ろにいた。会話の内容からして一部始終を目撃されていたようだ。

「まさか人目も憚《はばか》らずにイチャイチャしだすとは思ってもみなかったぜ。本当にティアリスとは何もないのかよ？」

「前々からおかしいと思っていましたが、いい加減白状なさい。ルクス、ティアとはどういう関係なのですか？」

「どういう関係と聞かれても、別に特別なことは何もないんだけど……」

「お待たせしました、ルクス君！」

俺がなんて答えたものかと真面目に考えていると試着を終えたティアが戻って来た。

白のワンピースを着た彼女の姿に俺は息をするのも忘れて見惚《みと》れてしまう。それはレオも同様で、ルビィですら感嘆のため息を漏らしていた。

今のティアはまさしく絵画に描かれているような可憐《かれん》な乙女そのものであり、そんな彼女が気恥ずかしそうにしている姿は筆舌に尽くしがたい破壊力を有している。

「ど、どうですか？　似合っていますか？」

不安そうな表情で尋ねてくるティア。

「……うん、すごく似合ってる」

さっきといい今といい、もっと気の利《き》いたことが言えないのかと自己嫌悪《けんお》に陥るが、しかし女神を前にして多弁になるのはむしろ無粋というものだ。

「えへへ。ありがとうございます。それでは買ってくるのでもう少しだけ待っていてください」

ティアははにかみながら言って再び店の奥へと戻ろうとするが、何か大事なことを思い

出したのか立ち止まって、

「私とルクス君の関係を一言で表すなら……そうですね、私が一方的に憧れを抱いている男の子といったところでしょうか？」

「――――なぁ⁉」

何事にも言い方というものがあるはずだ。憧れというのは〝ヴァンベール・ルーラーの唯一の弟子〟という意味でのことだと思うが、それを知らない二人は当然誤解する。

「ちょ、はぁ⁉　どういうことだよ、ルクス！」

「ティア⁉　あなた今なんとおっしゃいましたか⁉　説明なさい！」

二人の叫びが響き渡り、店内にいた他のお客さん達が何事かと一斉にこちらを見るが俺の心境としてはそれどころではない。

「フフッ。話の続きは買い物が終わった後にしましょう」

艶美な笑みを浮かべ、そう言い残してティアは着替えに戻った。そして残された俺に向けられるルビィとレオの底なし沼のような光のないジト目。今すぐこの場から立ち去りたい。

「おい、ルクス。こいつは一体どういうことだ？　ティアリスとは何もないって言ってたよな？　ありゃ嘘《うそ》だったのか⁉」

「今日は話を聞かせていただくまで帰しませんよ、ルクス。覚悟しなさい」

「勘弁してくれ……」

がっしりと二人に肩を摑まれて、俺はげんなりと深いため息を吐《つ》く。これは腹を括《くく》って素直に話すしか道はないな。そもそも冷静に考えてみると、別に俺は何も悪いことはしていない。よって後ろめたさを覚えることもない。

「わかった……ティアも言っていたようにちゃんと説明する。でもそれは彼女が戻って来てから別の場所でだ。いいな？」

先ほどいたカフェならいざ知らず、さすがに洋服屋の中でするような話ではない。その辺りのことはさすがに二人も弁《わきま》えているようで、納得した表情でこくりと頷《うなず》いた。

これで一先《ひとま》ず時間は稼げた。あとのことはティアが戻って来てから考えよう。というよりも彼女の口から説明させた方がいいのではないだろうか。

「お待たせしました！　ってどうしたんですか、ルクス君？　ほんの少し見ない間に心なしかやつれましたか？」

無事に購入を終えて俺達の下に戻ってきたティアが心配そうに俺に声をかけてくるが、他でもない自分の発言が原因だとまさかわかっていないのだろうか。

「さて、冗談はこれくらいにして先ほどの話の続きですね。場所は……そうですね。中央広場に移動して、ベンチにのんびり座りながらゆっくりとしましょうか」

そう言って嫣然《えんぜん》と微笑むティアの姿は慈愛に満ちた女神のようであり、異性を魅了する小悪魔のようでもあった。

＊＊＊＊

ティアは俺の身に起きたことを包み隠さずありのまま話した。けれどあまりにも突拍子もない内容なせいで時折レオは疑うような目になり、そのたびに俺は相槌《あいづち》を打ったりティアに代わって説明をしたりと大変だった。ちなみにルビィは途中から呆れて苦笑いを浮かべていた。

「――なるほど。つまり話をまとめますと、ルクスの師匠であり、育ての親でもあるヴァンベール・ルーラーからティアも魔術と戦技を教わっていたと。でも正式に弟子と認められているのはルクスだけだから憧れている、そういうことですのね？」

「そんでもって肝心のヴァンベールさんはユレイナス家から多額の借金をしていたけど借金を押し付けられたルクスが手合わせでティアリスに勝ったからチャラにしてもらったと。それで肝心の本人は今も行方不明ってことで合っているか？」

こめかみを押さえて困惑しながらルビィとレオはティアの話を総括した。

「ええ、その通りです。私はヴァンベールさんから数多くのことを教えていただきました し、彼はこの国を救った大英雄。その恩に報いたかったのでユレイナス家としてもあの人の頼みを聞くことに決め、ルクス君の力になることを決めたのです」

ティアが話を締めくくり、話を聞いた二人は大きなため息を吐いた。

「ハァ……王国最強とまで謂《い》われた偉大な魔術師がまさか飲んだくれのくそ野郎だったとは。色々幻滅ですわ」

「ルビディアの言う通りだな。まさかあのヴァンベール・ルーラーが借金拵《こしら》えて行方不明になる最低最悪な人だったとは思わなかったぜ。ユレイナス家が優しかったからよかったけど、もしそうじゃなかったら今頃ルクスはどうなっていたことか……」

そう言ってポンと俺の肩を叩《たた》いてレオは涙ぐむ。大袈裟な反応に俺は思わず苦笑する。

「そうだな。もしもティア達ユレイナス家の人達が優しくなかったら今頃俺は借金返済のために王立闘技場で戦っていただろうな」

「フフッ。ルクス君ならあっという間に『王冠』リーグに到達しちゃいそうですね」

ティアの言葉に違いない、と他の二人も頷く。セルブスさんにも似たようなことを言われたがさすがにそんなに甘い世界じゃないだろう。

観衆にとってはあの場で繰り広げられる戦いは娯楽だが、実際に戦っている魔術師達にとっては紛《まご》うことなき命を賭けた死闘だ。その中に割って入って頂点を目指して戦うのは修羅の道に相違ない。

「この話は私達の胸の内に留《とど》めておくことを約束しますわ。レオニダスもいいですわね？」

「もちろんだ。そもそも言い触らすような話でもないからな。ルビディアが話すならまだしも、俺が〝実はヴァンベール・ルーラーは酒と賭け事が大好きで借金残して行方をくらますくそ野郎〟って言っても誰も信じやしないだろうさ」

「当事者であるルクスがいなければ私もこの話を信じていたかどうかは怪しいところですわ」

そう言って二人は苦笑いを浮かべながら肩をすくめた。

「さて、日も傾いてきたのでそろそろお開きにしましょうか」

ティアがベンチから立ち上がってぐうっと背筋を伸ばした。言われてみれば雲一つなかった青空が真っ赤な夕焼けに染まっているし時折吹く風も冷たくなっている。思ったより話し込んでいたようだ。

「そうですわね。明日は学園ですし、今日のところはこの辺りでお開きに――ってあれはもしや……」

穏やかだったルビィの表情が、何かを見つけた途端一転して曇り出した。何事かと思って彼女の視線を辿《たど》ると、そこにいたのは全身を覆い隠す純黒のローブを身に纏《まと》った集団だった。その背中には剣に貫かれた龍の姿が描かれていた。どこからどう見ても怪しい。

「うげっ。ありゃ終焉《しゅうえん》教団の連中じゃねぇか。王都のど真ん中で活動するなんて強気というか、正気の沙汰じゃねぇな」

「終焉教団って、確か前にレオが話していた？」

首をかしげている俺にティアが教えてくれた。

「終焉教団はラスベート王国が建国する以前より存在しているとされる宗教団体で、信者は世界中にいます。そんな彼らの教義は魔術師・非魔術師の間にある差別をなくして平等な世界を作ることなんですが……」

言葉を濁すティアの後を引き継ぐ形でルビィが話を続けた。

「ルクスも知っていると思いますが、そもそも魔術師と非魔術師の間には差別なんてものはありませんわ。確かにユレイナスやヴェニエーラなどラスベート王国を代表する貴族はみな魔術師の家系。ですがその分国を、ひいては世界の平和を守るという責任を背負っているのです」

「魔術師じゃない人達は国を発展させるために必要な土木事業や飲食業、鉄鋼業など様々な場所で国を支えています。彼らがいるからこそ、今こうして私達は生活出来ているんです」

「だけど終焉教団の信者達は口を開けば平等にしろって叫ぶばっかりでなんもわかっちゃいねぇんだよ。どうしてそんな風になるのかねぇ……」

そう言ってレオは呆《あき》れたように肩をすくめた。三者三様の解説のおかげであのローブの集団の胡散臭《うさんくさ》さについて理解することは出来たが一つだけ疑問がある。

「彼らが王都で活動していたら何かまずいのか？」

三人の口振りや表情が終焉教団とやらの教義に納得がいってなかったり呆れたりするのとはまた違う感情——嫌悪感のようなものを覚えているように俺には見えた。

「——それはね、ルクス君。終焉教団がどうしようもないヤバイ連中の集まりだからよ」

俺の質問に対する答えが背後から聞こえてきた。その声はすでに授業で何度も聞いているので覚えがあった。振り返るとそこにいたのは、

「いきなり声をかけて来るのは止《や》めてください、エマクローフ先生。というか先生がどうしてここに？」

ラスベート王立魔術学園で『魔術歴史科』の授業を担当しているエマクローフ・ウルグストン先生だった。

「あら、失礼ね。先生だってお休みの日くらいは自由に遊びに出かけてもいいと思わない？　それに毎日こき使われているから、たまにはこうして羽を伸ばさないとストレスが溜《た》まってやってられないのよ！」

頬を膨らませながら地団駄を踏んで怒りを露《あらわ》にするエマクローフ先生。この人の場合、希少な回復魔術も使えるから重宝されているというよりも、酷使されているといった方が正しいのかもしれない。

「まぁそんな話は置いておいて。話の続きだけどティアリスさん達が嫌な顔をしているのは終焉教団の本当の姿を知っているからよ」

「本当の姿、ですか？」

「コインに表と裏があるように、教団にも表の顔と裏の顔があるわ。その裏の顔というのが要人の誘拐や暗殺、奴隷売買にテロ行為なんかの非合法活動よ。ラスベート魔術師団にとって目の上のたん瘤《こぶ》のような存在であり、ラスベート王国にとって建国以来の仇敵《きゅうてき》よ」

「なるほど、だからレオは終焉教団のことを諸悪の根源って言ったのか……」

「そういうこと。だから終焉教団はこういう目立った場所で活動はしないはずなんだ。表立って動けば良からぬことを企《たくら》んでいるんじゃないかってラスベート魔術師団に目を付けられるだけだからな」

エマクローフ先生の言葉を引き継ぐようにレオが言った。師匠からそういう危険な組織が存在していることは教えてもらっていなかった。けれどその代わりにどんな相手であっても、どんな状況に陥ったとしても、自分の手で大切な人を守り抜く力を身に付けろと言われた。

「まぁ何にしても終焉教団には近づかないことをお勧めするわ。平等なんて謳《うた》う連中にロクな奴《やつ》はいないものよ」

吐き捨てるようなエマクローフ先生の口調に俺達は面食《めんく》らう。けれどエマクローフ先生は俺達の動揺に構うことなく話を続ける。

「平等な社会と言えば聞こえはいいわよ？　でも不平等な世界で競い合うからこそ人は、世界は進化していくものなの。でももしも皆に平等な世界になったら世界は停滞し、緩やかに破滅していくだけよ」

歴史の専門家だからこそエマクローフ先生の言葉は重い。けれどその中には憎悪《ぞうお》にも似た底知れぬ負の感情が宿っているように思えてならなかった。

「そうなる未来から目を逸《そ》らしている以上、彼らの主張はただの甘っちょろい戯言《ざれごと》でしかないわ。昔から言うでしょう？　甘い言葉には裏があるって。終焉教団はまさにその典型ね」

けれど悲しいことに十六年前の〝バスカビルの大災害〟を機に教団信者は増え続けているとエマクロープ先生は続けた。

その理由は至極単純。魔物達の侵攻のせいで貧富の差が広がったのだ。もちろん王国としても大きな被害を受けた人達に補償はしたがそれでも溝は塞がらず。また魔物達の蹂《じゅう》躙《りん》を間近で見た人達にとってそれはまさに〝世界の終焉〟だった。故に、彼らには縋《すが》る物が必要だったのだ。

「そういうわけだから終焉教団にはくれぐれも気を付けること。まぁキミ達なら彼らの甘言に騙《だま》されることはないだろうから心配していないけどね」

そう言って肩をすくめたところで、立ち込めていた暗雲が霧散するようにエマクロープ先生の表情に笑みが戻る。どこか張りつめていた空気も弛《し》緩《かん》して俺達も一息《ひといき》吐《つ》いた。

「それじゃ私はこの辺で失礼するわ。みんな、くれぐれも門限を破らないようにね」

バイバイ、そう言い残してエマクロープ先生はヒラヒラと手を振りながら俺達の下から去って行った。ホント、忙《せわ》しない人だな。

「ハァ……せっかく楽しかったのになんか最後の最後で台無しになっちまったな。今日のところはこの辺で帰るか？」

「名残惜しいですがそうした方が良さそうですわね。後味が悪い終わりというのが何とも癪《しゃく》ですが」

唇を噛《か》み締《し》めながら心底悔しそうにルビィは言う。そんな彼女を慰めるようにティアは明るい笑顔で話す。

「確かに最後は少し残念でしたけど、こうして遊ぶ機会はこれからたくさんありますから。気落ちすることないですよ、ルビィ」

ルビィの言う通り確かに後味の悪い最後になってしまったけれど、俺個人としては初めて友人達と遊ぶことが出来てとても楽しい一日だった。それにティアが言ったようにまだ学園生活は始まったばかり。こうやって遊ぶ機会なんていくらでもある。

「そうですわね！　なら今度の休みに早速リベンジしませんと！　三人とも、予定は空けておくのですよ！」

「おいおい、勝手に決めるなよ⁉」

早くも息巻くルビィにレオが呆れた声でツッコミを入れる。俺とティアの関係をとやかく聞いてきたが二人も息ピッタリで大概だと思う。何も知らない人が見たらそれこそ勘違いされるのではないだろうか。

二人が聞いたら激怒しそうなことを考えていると、ふと隣にいるティアから視線を感じた。顔を向けると彼女はどこか安堵《あんど》したような表情を浮かべながら俺のことを見つめていた。

「どうかしたか、ティア？」

「フフッ。いいえ、ルクス君が楽しそうにしてくれているのを見て嬉《うれ》しくなっただけです。これからもたくさん楽しい時間を過ごしましょうね、ルクス君！」

「あぁ……そうだな」

そう満面の笑みでティアに言われて俺はコクリと頷《うなず》く。その顔を毎日隣で見せてくれたなら俺はそれだけで満足してしまうかもしれない。そう思ってしまうくらいに彼女の笑みは慈愛に満ちていた。

だがこの直後。王都全体を震撼《しんかん》させる咆哮《ほうこう》とともに俺達の平穏な日常は崩れ落ちた。

第7話　王都、燃ゆ

突如王都に現れた四体の黒毛の大狼《たいろう》。それを見た俺達はラスベート王立魔術学園の〝有事の際は緊急時を除き可及的速やかに学園に集まること〟という規則に従って行動に移った。

「よし、全員揃《そろ》っているな」

大狼出現がおよそ十分前。東クラスの教室には休日にも拘《かか》わらずクラスメイト全員がすでに集合していた。だが教壇に立っているロイド先生の表情は昼過ぎに会った時と比べると別人のように険しいものとなっていた。

「皆も知っての通り、つい先ほど王都の四か所で危険度Aランクオーバーのハウンドウルフ・キングロードが出現した」

魔術に階梯《かいてい》というランク付けがされているように、魔物にも危険度に応じてランク付けがされている。

ちなみに魔物というのは、自然に存在している生き物が魔力によって変異した存在のことを指す。ただの動物と違って狂暴化しており、肉体的な強度や知能も増している。さらに寿命も長くなっているので、魔力を大量に浴び続けて意思疎通が出来るようになった魔物もいると謂《い》われている。

「確か危険度Aランクって言ったら熟練の魔術師でも単独討伐が困難なレベルじゃなかったか？」

「レオニダスの言う通りです。そんな危険な魔物が四体も同時に出現するなんて前代未聞《ぜんだいみもん》の大事件ですわ」

「しかも気になるのはただのAランクではないということです。ロイド先生、もしかして出現したハウンドウルフ・キングロードの力は――」

「ティアリス嬢の言う通りだ。出現したハウンドウルフ・キングロードは外見や魔力量からみて変異種の可能性が高い。学園長の見立てではSランク級の能力を有しているかもしれないとのことだ」

Sランクという言葉を聞いた瞬間、教室が静まり返り一斉に息を呑《の》んで驚愕《きょうがく》の表情を浮かべる。一部の強者を除いて単独討伐はほぼ不可能。一個小隊で挑まなければならない、現存する魔物の中では最高クラスの危険度である。

「おいおい、冗談じゃないぜ。Sランク級の魔物が四体も現れるなんてただの悪夢じゃねえか……」

レオの口から薄ら笑いが漏れ、いつも強気なルビィやティアでさえ沈痛な面持ちで唇をきつく噛んで押し黙る。建国以来有数の危機なのは間違いないが、俺は一つ聞きたいことがあった。

「ロイド先生、王都に出現した四体のハウンドウルフ・キングロードは今何をしているんですか？」

「いや、四体とも出現してから現在に至るまで目立った動きはなく、ただ王都に鎮座しているだけだと報告を受けている」

「……不気味ですね」

俺の呟《つぶや》きにそうだなとロイド先生も首肯する。ティアとルビィも状況の不自然さに気付いたみたいだがクラスメイトの大半は首をかしげており、レオもそのうちの一人だった。

「なぁ、ルクス。どういうことだ？　どうしてハウンドウルフ・キングロードがじっとしていることが不気味なんだ？」

「魔物がいきなり王都の中に現れた理由は何者かが召喚したとしか思えない。だとしたらその目的は王都を壊滅させることのはず。にもかかわらずハウンドウルフ・キングロード達はただじっとしているだけなんて……どう考えても不自然だろう？」

要するにやっていることがちぐはぐで敵の思考が読めないのだ。もし仮に王都を壊滅させるのが目的だったら、俺達は今頃こうして呑気《のんき》に教室で話なんて出来ていない。死に物狂いで応戦、もしくは住民達の避難にあたっていたはずだ。

「敵の目的は未《いま》だに不明瞭ではあるが……先ほど王国はこの事態に対処すべく軍の出動を決定した。些《いささ》か遅きに失してはいるが及第点だろう」

ロイド先生は吐き捨てるように言った。確かにいくら敵の目的が不明だとしても、目の前に災害があってそれを食い止める手段があるのに手を拱《こまね》くのは悪手だ。

「なるほど、だいたいわかりましたわ。ですが王都の四方に強力な魔物が出現しているともなれば避難にもそれなりの人員が必要になるのでは？」

「ルビディアの言う通りだ。軍出動と並行して我々ラスベート王立魔術学園にもこの討伐任務に協力要請があった。と言ってもキミ達の出番はないがね」

どうしてですか、と聞く者は一人もいなかった。当然だ。俺達は学園に入ってまだひと月しか経《た》っていない魔術師以下の存在。強大な魔物と相まみえる本物の戦場は早すぎる。

「だが仕事が何もないわけではない。キミ達を含めた一年生にはこの学園の防衛を任せることになった」

ロイド先生曰《いわ》く、学園長を筆頭とした教師陣はラスベート魔術師団の援護。二年生と三年生は王都民の避難誘導にあたる。そして俺達一年生は学園を守り、避難してきた住民の安全を確保してほしいとのことだった。

「我がクラスで言えばティアリス、ルビディアを始め今年の一年生はみな優秀だ。軍を派遣せずとも学園の防衛は可能だと学園長が判断された」

そう話しながらロイド先生は俺の方にチラリと視線を向ける。優秀の中に俺を加えてくれるのは嬉しいな。これで俺も師匠のように――

「時間が惜しいので手短に伝えよう。学園防衛の要はキミ達が普段暮らしている寮だ。有事の際、東西南北に建てられている寮を起点として学園長が組み込んだ結界魔術が発動する仕組みになっている。王都の住民の避難が完了したら起動させることになるだろう。故にキミ達に与える最重要任務は寮を死守することだ」

「よしっ！　そうと決まれば今すぐ全員寮に戻って守りを固めようぜ！」

「あなたは本当にお馬鹿ですわね、レオニダス。皆で戻ったところで効率が悪いでしょうに。この状況下なら常に最悪のケースを想定すべきですわ」

息巻くレオの頭をペシッとルビィが叩《たた》く。出鼻をくじかれてレオは文句を言うが、残念ながらこの場はルビィの言っていることの方が正しい。それを補足するようにティアが説明する。

「レオニダス君、寮を守ることが最重要なだけでそれ以外にもやらなければいけないことはあります。例えば……結界が発動するまではこの学園に敵が襲撃してくる可能性も考えられるので校舎全体の警備も必要ですし、結界が発動すれば必然的に籠城《ろうじょう》戦となるので備蓄庫も死守しなければいけません」

「二人の言う通りだ。戦力を適宜分散させて学園を死守する。そのための各自の配置はこちらですでに決めてある。時間がないので一度しか言わないから心して聞くように」

こうして俺達の日常は崩壊し、変わらぬ明日を迎えるための決死の戦いが幕を開けたのだった。

＊＊＊＊

俺が配置されたのは東クラスの寮ではなく西クラスの寮の防衛だった。つまりこの任務を一緒にこなすのは――

「クラスの違う僕がどうしてキミ達と一緒のチームになるんだよ。どうせなるならティアリスさんと一緒が良かったよ！」

「いつまでも未練がましいことを言うなよ、アーマイゼ。というかこんな状況なのによくそんな愚痴を言えるよな」

盛大にため息を吐《つ》くアーマイゼとやれやれと肩をすくめるレオ。この二人は顔を合わせた時からずっとこんな調子でいがみ合っていた。喧嘩《けんか》するほど仲が良《い》いというか、ティアとルビィのやり取りに近いものを感じる。

「こんな状況だからこそ楽しいことを考えるんだよ。それに事態は最初から僕達の手に負えるようなものじゃないんだ。気負ってもいいことはないさ」

「おいおい、それでもお前はエアデール家の人間かよ⁉」

軽薄で無責任ともとれるアーマイゼの態度に激昂《げきこう》するレオ。正直なところ、アーマイゼのことだからてっきり『僕達が学園を守るんだ！』と息巻いていると思っていたのでこの態度には俺も驚いていた。

「ハァ……いいかい、レオニダス・ハーヴァー。僕だって出来ることならエアデール家の嫡子としてハウンドウルフ・キングロードをこの手で倒して王都を守りたいと思っているさ。でも守りたいという思いだけじゃダメなんだよ。力がないとね」

達観したような口ぶりだがそう言う表情と声音には悔しさが滲《にじ》んでみえる。四大魔術名家の一人として、彼も心の中では自身の不甲斐《ふがい》なさを痛感しているのかもしれない。

「アーマイゼの言う通りだ。何事も適材適所。今の俺達に出来ることは結界の起点となる寮を守ることだ」

「……そうだな」

悔しそうに唇を噛《か》みしめるレオの肩を俺はポンと叩く。

「とはいえこの様子だと僕らのすることはほとんどなさそうだけどね」

アーマイゼの話を補完するように遠くの方で爆発音が上がり始めた。どうやら軍がハウンドウルフ・キングロードの討伐を開始したようだ。

「さてと。こうなったらあとは待つだけだから少し雑談をしようか。ルクス、キミとティアリスさんの関係について詳しく聞かせてくれないかな?」

「……この状況でよくその話を聞こうと思ったな。お前の胆力はどうなっているんだ?」

本当にこの男はティアのことになると時と場所とか関係なく尋ねて来るな。呆《あき》れてものが言えなくなるとはまさにこのことだ。

「何もないなら話せるはずだろう? それともやっぱりキミとティアリスさんは……もしかしてそういう関係なのか!?」

「落ち着け。冷静になるんだ、アーマイゼ。俺とティアはお前が思っているような関係じゃない!」

「嘘《うそ》を吐くな! 毎朝寮から一緒に登校しておいて特別な関係じゃないっていうのはいく

らなんでも無理がある！　レオニダス、キミもそう思うだろう⁉」

「ここで俺に振るんじゃねぇよ⁉」

張りつめていた空気が一気に弛緩《しかん》する。もしかしたらこれは気負っているレオの肩の力を抜かせるための、アーマイゼなりの気遣いなのかもしれない。私情が多分に含まれているかもしれないが。

「ま、まぁあれだ！　その話はこの事態を無事に乗り切ることが出来たら教えるってことで！」

「勝手に話を決めるな、レオ。というかその言い方は不穏だぞ？」

「ルクスの言う通りだね。なんだか嫌な予感がしてきたよ」

「おいおい……二人して不吉なことを言うなよ。これ以上何か起きたらそれこそこの国は終わり——」

レオの言葉は突如眼前の空間がぐにゃりと揺らいで出現した漆黒の獣達によって途切れた。その数は優に十を超えており、その中心には闇を模《かたど》ったローブに身を包んだ謎の人物が立っていた。

「…………フフッ」

「「ガルルゥ……」」

「あれは……まさかハウンドウルフか⁉　どうして学園の中に魔物が⁉」

ハウンドウルフは漆黒の毛並みに屈強な四肢と鋭利な爪牙《そうが》を持つ狼《おおかみ》型の魔物で、危険度はDランク相当——魔術師見習いでも倒せるレベル——であり、王都に出現した四体のハウンドウルフ・キングロードの下位種である。

「落ち着くんだ、レオニダス。問題なのはハウンドウルフじゃなくてあのローブの人物の方だ」

「そうだな……ハウンドウルフ達を従えているとみて間違いないだろう。そして王都に出現したハウンドウルフ・キングロードもあいつの仕業の可能性がある」

言いながら俺は腰に挿した剣を静かに抜く。思えば学園に入学して以降、いくつか剣を握ったがやっぱり使い慣れたこいつが一番手に馴染《なじ》む。

「ほぉ……それが噂《うわさ》の星剣ですか。奇妙な形をしていますが中々どうして、凄《すさ》まじい魔力ですね」

星剣。このワードを聞くのは二度目になるが気にする余裕はない。フードに隠された口元が獰猛《どうもう》に嗤《わら》ったのが見えたからだ。その瞬間、周囲の気温が一気に下がり背筋に怖気《おぞけ》が奔《はし》る。このうすら寒い感覚を俺はよく知っている。

「おしっ！　そういうことならちゃっちゃと狼どもを蹴散らしてあのフード野郎を捕まえ

るとするか！　それで全部終わりだ！」

「その後に所属と目的、その他すべて洗いざらい喋《しゃべ》ってもらう必要があるけどね」

拳を鳴らすレオと懐《ふところ》から短剣を取り出して構えるアーマイゼ。やる気満々で臨戦態勢を取っている二人には悪いが、俺はそれを制するように一歩前に出て静かに剣を構える。

「フードの奴《やつ》を含めてあいつらは全部まとめて俺が相手をする。二人は守りに徹してくれ」

「おいおいルクス、そりゃいくら何でも無茶だぜ!?　三人で協力して戦おうぜ！」

「レオニダスの言う通りだ。キミの強さは先刻承知だが、いくら何でも僕達の力を過小評価しすぎだし自分の力を過信していないか？」

二人が同時に反論してくるが俺は耳を貸さず、意識を目の前の敵にのみ向けながら両手で握った愛剣を静かに振り上げる。

「アストライア流戦技《天津之朔風《ボレアース》》！」

上段から振り下ろした愛剣から超圧縮された気圧の束が生み出され、万軍を吹き飛ばす豪風の破城槌《はじょうつい》となって狼達に襲い掛かる。

密集していた狼達は高密度に圧縮された疾風の直撃を浴びて四肢は千切れ、身体《からだ》は四散し、神の見えざる手に薙《な》ぎ払《はら》われたかのように一掃された。

「ハハハ……すげぇな、ルクス。戦技の威力とは思えないぜ」

「クソッ、僕と戦った時は本気じゃなかったのか……！」

後ろでレオとアーマイゼが驚きと不満の声を漏らしている中、俺は心の中で舌打ちをする。ハウンドウルフ達は今の一撃で跡形もなく消滅させることが出来たが、肝心の謎のフードの人物は健在だった。

「手加減したつもりはなかったけどまさか無傷とは……」

しかもその場から一歩も動いておらず、傷どころかフードに汚れ一つついていないというおまけ付き。師匠ですら直撃を受ければ多少なりとも擦《かす》り傷は出来るはずなので、そう考えると不気味な相手だ。

「さすがは英雄ヴァンベール・ルーラーのお弟子さん。素晴らしい一撃でしたよ」

「そいつはどうも。褒められてこんなに嬉《うれ》しくないのは初めてだ」

フードの人物からの賞賛という名の皮肉に俺も軽口で応戦する。纏《まと》っているフードに認識阻害の魔術がかけられているのだろう、その声に聞き覚えがあるはずなのに思い出せない。

「ですが残念。ハウンドウルフは何度でも召喚出来るのでいくら倒しても無駄ですよ」

フードの人物がパチンッと指を鳴らすと黒い靄《もや》が立ち昇り、今さっき倒したばかりのハウンドウルフの群れが再び現れた。

「おいおいおい、マジかよ⁉　これってもしかしなくてもピンチってやつじゃないか⁉」

「まだ慌てるような時間じゃないぞ、レオニダス。ハウンドウルフはあのフード野郎に召喚されたんだ。それなら大本を叩《たた》いてしまえばどうということはない。キミもそう思うだろう、ルクス？」

アーマイゼの言葉にしかし俺はすぐに答えを返すことが出来なかった。なぜならフードの人物は本当にただ指を鳴らしただけで召喚魔術を発動させたわけではないのだ。とすればこの狼の群れを生み出しているのは——

「気が付いたようですね。キミの推測通り、このハウンドウルフを召喚したのは私ではありません。この子達を召喚したのは他でもない、王都で暴れているハウンドウルフ・キングロード達です」

「なるほど……学園長の見立ては間違っていなかったってことか」

レオとアーマイゼが驚愕《きょうがく》の声を漏らし、俺は舌打ちしたい衝動をなんとか抑える。今の話が事実だとしたら危険度も跳ね上がり討伐も苦戦を強いられるはず。どうやら事態は思った以上に悪い方向に転がっているようだ。

「二人とも……何としてでも結界を守り抜くぞ。ここが破られたら終わ——」

終わりだ、と言おうとしたら突如として雷鳴が鳴り響いた。そして音がした方角はティアやルビィがいる東寮から。まさか――

「フフフッ。どうやらダベナントさんが仕事を始めたようですね。なら私も自分の仕事をするとしましょうか」

行きなさい。静謐《せいひつ》な声音で紡《つむ》がれた命に従いハウンドウルフ達が一斉に襲い掛かって来る。

東寮の様子も気になるが、まずは目の前の敵に集中しなければ。

「大地よ、弾丸となり穿《うが》て《アース・バレット》！」

「風よ、弾丸となり穿て《ヴェントス・バレット》！」

迫りくる狼達に向けてレオとアーマイゼが同時に魔術を放つ。土と風の弾丸が狼達の身体を容易《たやす》く貫き消滅させるが、この魔物達に恐怖や躊躇《ためら》いといった知性はない。どれだけ仲間がやられようとも主《あるじ》の命令こそ絶対。故に狼達は止まらない。

「雷鳴よ、槍となり降り注げ。驟雨《しゅうう》の如《ごと》く《トニトルス・スピアレイン》」

空に掲げた手を振り下ろして発動するのは雷属性第四階梯《かいてい》魔術。生み出された断罪の雷撃が狼達とフードの人物を貫かんと降り注ぐ。

「――《グラキエス・セイントローズ》」

凛《りん》とした声音で紡がれる魔術。フードの人物の頭上に透き通った純白の花弁が無数に展開されて俺の雷撃が悉《ことごと》く弾《はじ》かれる。

「マジかよ⁉　ルクスの魔術でもダメなのか⁉」

「氷属性の第四階梯を詠唱破棄とはね。こんな使い手が【アルシエルナイツ】以外にいるなんて……」

驚愕するレオと苦笑いを浮かべるアーマイゼ。そんな二人の反応を見てフードの人物は不敵な笑みを零《こぼ》しながら三度狼達を顕現させる。

「フフッ。さぁ、次はどうしますか？　私はまだまだ余裕ですし、ハウンドウルフ達もこの通り健在。打つ手はありますか？」

フードの人物は両手を広げて余裕の態度を見せる。戦技に続いて魔術も通じない格上が相手ならここで心が折れても不思議じゃない。だがあいにくとこの程度で諦めるほど俺は柔《やわ》じゃない。

「もちろん、勝負はここからだ――アストライア流戦技《天津之朔風《ボレアース》》！」

先ほどの焼き直しのようにハウンドウルフは一掃できるが、フードの人物には氷の壁によって凪は届かない。だがこれでいい。

「あらあら……その技は私には通じないと学ばなかったのですか？」

「あぁ、だから通じる技を使う――アストライア流戦技《天灰之熾火《スヴァローグ》》！」

真紅の輝きを帯びた黒剣を神速に迫る速度で振り抜く。灼熱《しゃくねつ》の刃が鉄壁を誇るフードの人物の氷壁を容易く斬り裂いた。

「――――!?」

フードの奥で驚愕の声を漏らしながら後方に飛び退《との》き、ハウンドウルフを召喚するが一切構わない。追撃して確実に仕留める。

「そのまま攻めろ、ルクス！　風よ、弾丸となり穿て《ヴェントス・バレット》！」

「ハウンドウルフは俺達に任せて突っ込め、ルクス！　大地よ、弾丸となり穿て《アース・バレット》！」

背後から頼りになる仲間の声が聞こえてくる。二人を信じて剣を振れ。奴の氷の防御は火の戦技で突破出来る。そしてそれは火属性の魔術も通用する証左。ここで攻めきれ。

「火炎よ、弾丸となり爆《は》ぜろ《イグニス・バレッ……」

「フフッ――――氷雪よ、白世に染めろ。穢《けが》れなき、始まりの如く《グラキエス・ビギニング》」

俺達がようやく見出《みいだ》した希望をあざ笑うかのようにフードの人物は微笑み、そして前人未到の領域の魔術を唱える。これは――――マズイ！

「《イグニス・セイントガーデン》！」

追撃は中止。俺はレオ達の下まで飛び退いて黒剣を地面に突き刺す。そしてありったけの魔力をつぎ込んで二人と結界の起点を守るべく聖火に包まれた庭園を顕現させて極寒の冷気に対抗する。

視界が開けた時、世界は純白に染まっていた。

「う、嘘《うそ》だ……今のは広範囲制圧型の氷属性第五階梯魔術じゃないか……もしまともにくらっていたら僕達は……」

「そうだな。ルクスの魔術がなかったら俺達は今頃氷漬けになっていた——ってそうだ、ルクスは⁉　大丈夫か⁉」

「……なんとか、な。二人は……結界は大丈夫か？」

「俺とアーマイゼ、ついでに結界もルクスの魔術のおかげで何ともない！　それよりお前は……」

全部無事か。咄嗟《とっさ》に発動した格下の防御魔術だったが属性の相性のおかげで何とかなったようだ。その代償に俺は手足の感覚のほとんどを失い身体も上手《うま》く動かせない。それでもここからもう一度仕切り直さなければ。

「ハァ……分身を出してるせいで全力は出せないとはいえ、私の《グラキエス・ビギニング》の直撃を受けて立っているなんてね。しかも奥の二人も結界の起点も無事。やれやれ、

　さすがヴァンベール・ルーラーの弟子と言ったところね」

　ため息を吐《つ》きながら大袈裟《おおげさ》に肩をすくめるフードの人物。それにしてもこの口調、この魔力、どこかで――？

「ちょっと待て……今あいつ、〝分身〟って言わなかったか？　まさかそれがいるのって……!?」

　アーマイゼが悲鳴のような叫びをあげる。氷属性の魔術には自分と寸分たがわぬ姿形をした分身を生み出す魔術があると聞く。維持をするために多大な魔力を消費する以外に弱点はなく、戦闘能力も限りなく本物に近いとも。まさかそれを送り込んだ先は――

「ウフフッ。さすがはエアデール家の寵児《ちょうじ》。勘がいいのね。ご想像の通り、私の可愛《かわい》い分身ちゃんはキミ達の大切な人達の下に行ってもらっているわ」

　パチンッと指を鳴らした瞬間、虚空《こくう》に映像が浮かび上がる。そこに映し出されていたのは槍《やり》を手に、獰猛《どうもう》な笑みを浮かべる男とフードを目深《まぶか》に被《かぶ》った人物に抱きかかえられたティア、力なく倒れているルビィの姿だった。

＊＊＊＊

時はルクス達がフードの人物と交戦するより前に遡る。

ロイド先生から東寮の防衛を任された私――ティアリス・ユレイナス――とルビィは万が一に備えて警戒にあたっていた。ルクス君がいなくて心許《こころもと》ないですが情けない姿は見せられない。

「さて、ティア。ただじっと待つのも勿体《もったい》ないですからこの状況について考察でもいたしませんか?」

そんな中、暇を持て余したのか唐突にルビィがこんなことを口にした。緊張感を少しは持ってほしい。

「それはハウンドウルフ・キングロードを召喚したのは誰かって話ですか?」

「いいえ。犯人についてはティアも見当はついているのではなくて? そもそもこんな大それたことをしでかせるのはあの組織――終焉《しゅうえん》教団を除いて他にはありませんわ」

終焉教団。中央広場で布教活動をしていた人達だがあれは表の姿。エマクロ―フ先生がルクス君に話していたように、あの組織は王都で起きる大きな事件には必ず関わっているテロ組織だ。

「実はここだけの話なんですが……最近王都では軍所属の手練《てだ》れの魔術師が連続して殺害

されるという事件が起きていますの」

「それは本当ですか、ルビィ？　そんな話、私は聞いたことがありませんよ？」

「情報統制が敷かれているのでティアが知らないのも無理ありませんわ。なにせ私もつい先日お父様から聞いたばかりですから」

　ラスベート王国に住む民にとってラスベート魔術師団は希望そのものだ。その魔術師達が相次いで殺害されたとなれば国を揺るがす大事件であり、知れ渡れば人々は不安と恐怖に苛《さいな》まれることになるだろう。

「犯人の目星は？　軍所属の現役魔術師を何人も殺害することが出来るほどの魔術師などそうそういないと思いますが？」

「あなたの言う通り、下手人についてはすでに判明しておりますわ。犯人の名はダベナント・キュクレイン。雷禍《らいか》の魔術師として名の知れた掛け値無しの外道ですわ」

「その話が本当なら状況は思っている以上に芳《かんば》しくないですね。まさか王都でそんな大物が暗躍しているとは……」

　ダベナント・キュクレインは、若い頃はラスベート魔術師団に所属しており、将来を嘱望された才能溢《あふ》れる優秀な魔術師だった。

　しかしある日突然上司、同僚、部下の十数名を殺害して逃亡。それ以降は金さえあれば非魔術師、魔術師関係なく殺す暗殺稼業に身をやつし、大陸全土で指名手配されている外道魔術師となった。

「ダベナント・キュクレインによる王国軍の魔術師殺害と時を同じくして発生したこのハウンドウルフ・キングロードの召喚。こんな大それたことをしでかすのは終焉教団を他においてありません」

「ルビィの話はよく分かりました。でも肝心な動機が抜けています。なぜ教団はこんなことをしたと思いますか？」

「――それはなぁ、嬢ちゃん。封印された龍を復活させてこのくだらない世界を終わらせるためだよ」

私の問いに答えたのは親友ではない。いつの間にか目の前に立っていた、純黒のコートを羽織り、フードを目深に被った人物だった。その手には遠目からでもわかるほど禍々《まがまが》しい気配を放つ一本の長槍が握られており、その身体《からだ》からは濃密な血の匂いと殺気が立ち昇っている。

「あなた……何者ですの？」

「つれないことを言うなよ。俺は嬢ちゃん達がついさっきまで話題にしていた外道魔術師さんだよ」

鬱陶しそうにフードを脱いで露《あら》わになった男の顔には雷のような刺青が刻まれていた。その瞳は獰猛に輝き、怪しく歪《ゆが》む口元はまるで血に飢えた獣のようだった。

「まさか〝雷禍の魔術師〟、ダベナント・キュクレイン……！　どうしてあなたがここに⁉」

「さすがユレイナスとヴェニエーラのご令嬢。若いのによく知っていたな。それだけ俺が有名になったってことかな？」

ダベナント何某《なにがし》は不敵な笑みをこぼしながら賞賛の言葉を口にするが、今の私達にはそれを受け取って喜ぶ余裕はない。

なにせ目の前にいる男の実力は明らかに格上。戦闘経験もくぐってきた修羅場の数も自分達とは段違い。数え切れないほどの魔術師がこの男の手によって冥府へと送られていることを考えれば勝てる見込みはゼロに近い。

「おいおい、いきなりだんまりかよ。これが最後のおしゃべりになるかもしれないんだぞ？　もう少し楽しもうぜ？」

「どうしますか、ティア？」

肩をすくめながら軽口を叩《たた》くダベナント。その一挙手一投足を見逃さぬよう注視しながら私はルビィと言葉を交わす。

「……油断している今が好機です。一気に畳みかけましょう」

「承知しました。では先手は私が」

「作戦会議は終わったか？　ならどこからでもかかってきな」

余裕の笑みを崩すことなく私達のやり取りを黙って見ていたダベナントが半身になって槍を構えながら挑発してくる。

対して私は腰に挿した純白の剣を静かに抜いて正眼《せいがん》に置き、ルビィはふぅと息を吐きながら拳を作ってわずかに腰を落とす。

張り詰めた空気の中、静寂が三者の間に流れる。それを壊したのは――

「いざ、参ります！」

両拳を力強く握りしめたルビィが地を蹴ってダベナントへ突貫する。その速度は幾多の修羅場を潜《くぐ》り抜《ぬ》けてきたダベナントをして目を見張らせるものだったが、

「速いが真《ま》っ直《す》ぐすぎるぜ、お嬢様！」

幾ら速くても直線一気な動き。ダベナントは進行方向に向かって槍を突き出すだけでいいので迎撃は容易《たやす》い。

「風よ、剣雨《けんう》となり敵を貫き穿《うが》て《ヴェントス・ブレイドレイン》」

親友を援護するため私は魔術を唱える。選択したのは広範囲型の風の魔術。

深緑色の小さな魔法陣が無数に空に浮かび、そこから大量の剣が驟雨《しゅうう》のように降り注ぐ。

雨粒一つでは身体は濡《ぬ》れないが豪雨にもなれば一瞬で全身がずぶ濡れになるように、風の剣一本の殺傷力は高くないが大量に浴びれば致命傷となる。

「開幕早々味方を巻き込む魔術をぶっ放すとはやるじゃねぇか！」

降ってくる風の剣を回避しながらダベナントは感心したように叫ぶ。育ちのいいお嬢様が初手から自爆特攻を仕掛けて来るとは歴戦の猛者《もさ》といえども予想外のはず。

「いいえ。その認識は間違っていますわ」

ルビィは不敵な笑みを口元に浮かべながら速度を一切落とすことなく剣雨の中を疾駆する。瞬《まばた》きする間に距離を詰め、ダベナントの身体の下に潜り込んだルビィが拳に込めた魔力を解放しながら咆哮《ほうこう》する。

「ヴェニエーラ流戦技《烈火昇り龍》！」

圧倒的な力を以《もっ》て悪を成敗するのがヴェニエーラの流儀。その体現者にして最高傑作のルビィが右拳を真紅の炎に燃やしながら高速で振り上げる。回避は間に合わないと判断したダベナントは槍を水平に構えて受け止めようとするが、

「甘いですわ！」

地面を陥没させるほどの強い踏み込みから放たれたルビィの一撃はダベナントの守りを容易く弾《はじ》き飛《と》ばし、上方に身体が流れてがら空きになった胴体に追撃を放つ。

「ヴェニエーラ流戦技《龍火崩撃》！」

炎を纏《まと》った唸《うな》るような左の一閃《いっせん》が無防備なダベナントの鳩尾《みぞおち》に突き刺さる。屈強な身体を持つ男の身体が盛大に吹き飛び、周囲にあった家屋へと突っ込んでド派手な音を立てながら崩れ落ちる。

「ルビィ、どうですか？」

私が尋ねるとルビィは小さく息を吐いてから、

「手応えは十分ありましたが油断は出来ませんわ。この程度で倒せたらあの男はとうの昔に棺桶《かんおけ》の中のはずですから」

間違いなく拳は直撃したが鋼鉄を殴ったかのような感触だった。後方に飛んで衝撃を逃がすことも出来ない状況の中で、恐らくダベナントは魔力を腹部に集中して強化したのだとルビィは分析した。しかしそれでも十分なダメージを負わせることは出来たと思っていたが、

「やれやれ……油断したぜ。まさか一撃貰《もら》っちまうとはな。お嬢さん達の実力をちょいと

「――くっ⁉」

ばかし見誤っていたぜ」

首をポキポキと鳴らしながら、若干の怒気を孕《はら》んだ声とともに瓦礫《がれき》の中からダベナントが悠然とした足取りで出てきた。

「無傷……というわけではないですわよね?」

額に冷や汗をかきながら震える声でルビィは言葉を絞り出す。あの一撃を食らってなお平然としているダベナントに私もまた戦慄を覚えていた。

「当たり前だろうが。咄嗟《とっさ》に魔力で防御したとはいえモロに食らったんだぞ? いくら何でも無傷で済むはずないだろうが。まぁこいつがなければの話だけどな」

そう言ってダベナントが懐《ふところ》から取り出したのは魔法陣が描かれた一枚の木札。しかしそれは無残にもひび割れており、すぐに木くずとなってボロボロと崩れ落ちた。

「ハァ……ヴァンベールの息子と戦う時のために大枚叩《はた》いて用意したっていうのにこんなところで使う羽目になるとはな。ホント、慢心するのはよくないねぇ」

肩をすくめながら自嘲するダベナント。しかしその身体から発せられる殺気は濃度を増し、口元から笑みもなくなっている。外道魔術師が本気になった証拠だ。

「ティア、あの男が持っていた木札にはもしかして……?」

「おそらく身代わりの魔術が刻まれた魔導具だと思います。私も見るのは初めてですが、確か治癒系統の魔術師だけが作製出来る希少な物だったはず。まさかそんなものまで用意していたとは……予想外でした」

私は内心で思わず舌打ちをする。今の攻防で倒すのが理想、それが無理でも多少の傷を負わせれば押し切れると思っていたがまさか魔導具一つでひっくり返されるとは。しかも相手が本気になった以上先ほどのような奇襲はもう通用しない。

「お互い想定外ってやつだな。さて、無駄話はこれくらいにして第二ラウンドとしゃれこもうじゃないか。気を抜くなよ？　一瞬でも気を抜いたら――――」

「ルビィ、避けて！」

「え？」

「――死ぬぜ？」

目にも留まらぬ速さでルビィとの間合いを詰めたダベナントが、先ほどのお返しとばかりに彼女に蹴撃を放つ。まるでボールのように二度、三度と地面にぶつかりながら転がるルビィ。しかし彼女を心配している余裕はない。

「アストライア流戦技《天津之旋風《エウロス》》！」

純白の刃に全てを薙《な》ぎ払《はら》う豪風を纏わせてダベナントに向けて放つ。だがそれを見て怯《ひる》むどころかダベナントは喜色満面の笑みを浮かべながら叫んだ。

「ヴァンベールと同じ技か！　いいぜ、正面から受けて立ってやるよ！　雷帝よ、我が槍《やり》に悪鬼滅する力を施せ《トニトルス・ボルグ》！」

ダベナントの槍に黄金色の雷が纏わりつき、ヂリヂリと耳を劈《つんざ》くような音を奏《かな》で始める。

そして迫りくる豪風に対して躊躇《ためら》うことなく魔槍を打ち出した。

拮抗《きっこう》したのは一瞬。私の放った風の一撃をダベナントの一閃が真正面から穿ってかき消し、さらに切っ先から伸びた雷撃が私の身体に襲い掛かる。

「――くっ⁉」

私はすんでのところで反応して、剣を払って雷撃を打ち落とすが、剣を通じて身体に電流が奔《はし》って動きが止まる。その隙を逃すほどダベナントは甘くない。一気に距離を詰めて仕留めにかかる。

「私を忘れてもらっては困りますわ！　火炎よ、弾丸となり爆《は》ぜろ《イグニス・バレット》！」

地面を転がったことで綺麗《きれい》な柔肌に細かな傷をいくつも負いながらも立ち上がったルビィが火の弾丸を放つ。ダベナントがそれを槍で弾き飛ばしている間に、態勢を整えるべく私は一旦後方へと退く。

「ルビィ、ありがとう！　おかげで助かりました」

「お礼は結構！　それより今は戦いに集中しますわよ」

手痛い一撃を食らったはずなのにルビィの戦意は萎えるどころか逆に燃え上がっていた。それは意趣返しとばかりに槍ではなく蹴られたことに対する怒り。

「おいおい、マジかよ。きっちり加減無しで蹴り飛ばしたっていうのに平気な顔で立ち上がるかよ。ヴェニエーラのお嬢さんは随分と頑丈なんだな」

「お生憎様《あいにくさま》。己の肉体を武器に戦うのが我がヴェニエーラ家の嗜《たしな》みですの。あの程度の攻撃で倒れるほど軟弱な鍛え方はしておりませんわ。私を倒したかったらその自慢の槍で貫くことです」

「……言うじゃねぇか。なら今度は遠慮なくやらせてもらうぜ！」

「次などありませんわ！　今度こそ仕留めてみせます！」

「もう、ルビィの馬鹿！　一人で突っ込むなんて――――！」

先ほどと同様に一直線に突っ込むルビィだがその速度は上がっている。一息で間合いを詰めると嵐のような拳打の猛攻を繰り出すも、ダベナントはそれらを舞うようにかわしながら雷槍で反撃する。

目まぐるしく入れ替わる攻防は拮抗している。ここで一気に畳みかけるべく私も戦線に加わる。

私が純白の刃を煌《きら》めかせながら疾風となって突貫してきたのを背中に感じたルビィは、瞬時にその意図を理解してダベナントから一度離れて射線を空ける。

「アストライア流戦技《天灰之熾火《スヴァローグ》》！」

裂帛《れっぱく》の気合いとともに放たれる天をも焦がす一撃。いくら魔力で強度が増している雷槍といえども受ければもろとも断ち切られることは必至。故にダベナントが取る行動は回避になるが、そこに回り込むのは拳打の姫君。

「ヴェニエーラ流戦技《龍火砲撃》！」

退路を断つように移動したルビィが限界まで腰を捻《ひね》りながら右拳を真っ赤に燃やして振りかぶっていた。

獲《と》った。私とルビィは同時に勝利を確信する。

しかしそれは叶《かな》わなかった。

「氷雪よ、凍《い》てつけ《グラキエス・フロスト》」

どこからともなく聞こえてきた呪文。大地に霜が奔り、二人の足元から下半身まで一気に凍り付き身動きが取れなくなってしまった。

「油断しすぎですよ、ダベナントさん」

顔をすっぽりフードで覆った謎の人物が悠然とした足取りで私達の前にどこからともな

く現れた。

「やられましたわ。まさか援軍が来るとは……」

「身体《からだ》が全く動かない……！　第二階梯《かいてい》の魔術とは思えません」

有利な状況がひっくり返された上に動きを封じられ、一転して窮地に追い込まれてしまった。加えて援軍に来た人物は魔術師としてかなりの手練《てだ》れ。だけどここで諦めるわけには行かない。ありったけの魔力を全身に巡らせて私は氷からの脱出を試みる。

「――チッ、分身のくせにいいところで水を差すんじゃねぇよ。それとも何か、まさか依頼主様は俺がこのお嬢さん達に負けるとでも思っていたのか？」

「あら、それは失礼いたしました。私が差し上げた身代わりの護符も使い、しかも挟み撃ちにされてピンチだと思ったのですが……私の早とちりでしたか？」

「フンッ。別にあれくらい追い込まれた内には入らねぇよ。それにこの程度の状況を打破できなくて雷禍《らいか》の魔術師なんて名乗れるか。少しは信用しやがれ」

「フフッ。そうでしたね。ダベナントさんはかつて最強の魔術師にして戦技の使い手、ヴァンベール・ルーラーと戦って生き延びた実力者ですからね。ユレイナスとヴェニエーラの才女を同時に相手にしても後れを取ることはありませんよね」

失礼しました、と恭《うやうや》しく頭を下げるフードの人物に不満を隠すことなく舌打ちをするダベナント。

「わざわざ分身をよこすなんて何かあったのか？　予定ではユレイナスの嬢ちゃんを攫《さら》ってから合流するんじゃなかったか⁇」

「事態は常に流動的に変化していくものです。召喚したハウンドウルフ・キングロードは間もなく王国軍の手によって倒されます。少々面倒な援軍がこちらに来る前に最終段階へ移行したいのです」

そう言いながらフードの人物はティアリスに視線を向けた。顔は見えないが声音から察するに邪悪な笑みを浮かべているようにティアリスには思えた。

「そういうわけなのでダベナントさん。ティアリス・ユレイナスを速やかに拘束してください。彼女を餌にしてルクス・ルーラーをおびき寄せます」

「なっ⁉　どうしてそこでルクス君の名前が出るんですか⁉」

私は思わず叫ぶがフードの人物はフッと笑みを零《こぼ》すだけで何も答えない。隣に立つルビィも視線を鋭くするが、ダベナントはどこ吹く風とばかりにやれやれと槍を肩に担《かつ》いで肩をすくめた。

「嬢ちゃん達、これだけは覚えておくといい。この世の中にはな……知らない方が幸せってこともあるんだぜ？」

「それとこれとは話が別です。大事なクラスメイトが狙いというならより一層見過ごすことはできませんわ！」

愉悦交じりのダベナントの発言に堪《たま》らずルビィが吼《ほ》え、私は剣を握る手に激情を籠めて叫ぶ。

「あなた達にルクス君は渡しません！　絶対に！　火炎よ、爆ぜろ《イグニス・エクスプロード》！」

私はヴァンベールさんから譲り受けた剣を地面に突き刺して魔術を発動。自身を拘束している氷を爆散させる。捨て身の突破にダベナントは感心してひゅぅと口笛を吹いた。

「自分の下半身が吹き飛ぶかもしれないのによくやるねぇ。学園生とは思えない胆力だ。そうまでしてルクスって奴《やつ》を守りたいのか？　もしかしてあれか、ルクス何某《なにがし》は嬢ちゃんの思い人だったりするのか？」

「黙りなさい！　私はこれ以上大切な人を失いたくないだけです！」

私は激昂《げきこう》しながら剣を最上段に振りかぶって吼える。初めて見る私の鬼気迫る姿にルビィは困惑した表情を浮かべる。

「――――っ！　考えるのは後ですわ。この氷を早く何とかしなくては！」

すでに状況は東寮の防衛から、雷禍の魔術師とその依頼主と思われる二人の打倒へと変わっている。そして終焉《しゅうえん》教団の目的がルクスなら彼を守るために私は負けるわけにはいかない。

「アストライア流戦技《天津之朔風《ボレアース》》！」

荒れ狂う風を纏《まと》った純白の剣を最上段から振り下ろす。地面を抉《えぐ》りながら全てを薙ぎ払う豪風が二人の敵に襲い掛かる。しかしダベナントは動じることなく腰を落として雷槍を構えて――

「雷帝よ、激甚《げきじん》の怒りを以《もっ》て我の前に立ちはだかる敵を悉《ことごと》く討ち倒せ《ブロンテス》！」

雷槍の切っ先から放たれた巨大な雷撃波が豪風と衝突する。しかし拮抗することなく風は一瞬で霧散し、その先に立っていた私はその雷波に呑《の》み込まれた。

「ル、ルクス君……ごめんな……さい」

神の怒りが如《ごと》き雷撃を為すすべなく全身に浴びた私は、全身から力が抜けてバタリと前のめりに崩れ落ちた。

「ティア――――――‼」

氷から抜け出したルビィが駆け寄って来て抱きしめるが私は呼吸するのが精いっぱいで言葉を絞り出すことが出来ない。

「さすがですね、ダベナントさん。今のは第六階梯魔術ですよね？　限りなく魔法に近い、魔術書の中でしか見たことがない超高難易度の大魔術。まさに雷禍の魔術師の名に相応《ふさわ》しい一撃でした。魔力の方は大丈夫ですか？」

「一々心配するな。このくらい何も問題ねぇよ。あと数発は打てるくらいの余裕はあるし、とっておきは他にある。それよりあんたは自分の仕事をしたらどうだ？」

「あらあら。私としたことが忘れるところでした。これもダベナント卿の魔術が素晴らしかったせいですね」

フードの人物の心にもない賞賛にダベナントは鬱陶しそうに舌打ちをする。そんな彼の様子を鼻で笑いながら、フードの人物はこちらに視線を向けて来る。ルビィは私をそっと地面に横たえてゆっくりと立ち上がる。

「ティアは渡しませんわ。どうしても彼女を攫って行くというのなら私を倒してからにしなさい！」

ルビィが決死の覚悟を口にしながら拳を構えるも、フードの人物は意にも介さず悠然と歩を進める。

「……っく！　ヴェニエーラ流戦技《猛……》」

「悪いな、嬢ちゃん。そろそろ寝る時間だぜ」

「……ガハッ！」

雷速で接近したダベナントが石突をルビィの腹部に突き刺した。身体に激痛が走り、呼吸もままならず、指一本動かせなくなるルビィ。しかしそれでも倒れるわけにはいかないと気力を振り絞って槍《やり》に手を伸ばすが、

「雷鳴よ、墜《お》ちろ《トニトルス》」

空から墜ちてきた雷撃に打たれたルビィは悲鳴すら出せずに意識を刈り取られ、覚悟もむなしく膝から崩れ落ちて静かに倒れた。

「容赦がありませんね。敵とはいえ彼女達は一応私の教え子なんですよ？　少しは加減をしてください」

「教え子に不意打ちで魔術をぶっ放す教師がいてたまるか。寝言は寝て言いやがれ、外道」

「フフッ。外道なあなたにそう言われるのは気分がいいですね」

フードの人物は笑って言いながら私の下に歩み寄る。悔しい。私は立ち上がることはおろか指一本動かせない。

ごめんなさい、ルクス君。

＊＊＊＊＊

「ティア⁉　ルビィ⁉」

「お前っ！　ティアリスさんをどうするつもりだっ⁉」

俺とアーマイゼの声が重なる。レオは状況が呑《の》み込めず唖然《あぜん》としながらもふらつく俺の肩を支えてくれた。

「安心していい。二人ともちゃんと息はあるし命に別状はない。ただし、ティアリス・ユレイナスの身柄は預からせていただきます。返してほしければ王都の外れにある廃教会へ来ること。ルクス君一人でね。あぁ、理由は聞いても答える気はないので悪しからず。それに……そろそろ退散しないと面倒な人達が来そうだからこの辺で失礼させていただくわ」

「待て――――ガハッ」

身体に力が入らない。それどころか無理に動かしたことで命の危機を知らせるように口から鮮血が零れる。

「魔力で強化したとはいえ全身に極寒の冷気を浴びたらそうなるのは必然。無理に身体を動かしたら……死にますよ？」

「ルクス⁉　クソッ！　《ヴェントス・バレット》‼」

出現した時と同様に空間がぐにゃりと揺らぎ、その中へ悠然とした足取りで入っていくフードの人物。その背中に向けてアーマイゼが魔術を連発するが届くことはなく、お返しとばかりに無数の氷の弾丸が無言で飛んでくる。

「──クソッ」

痛む身体に鞭《むち》を打ってレオとアーマイゼを突き飛ばす。万全ならこの程度の魔術、剣で弾《はじ》き飛《と》ばせるのに。

「ルクス⁉　お前ってやつはどうして……‼」

「クソッタレッ！　逃げるなぁ──！」

レオの焦燥の叫びとアーマイゼの怒りの咆哮《ほうこう》が誰もいなくなった戦場に響き渡る。氷弾を浴びた俺の身体は一部が赤黒く凍り付き、立っているのはおろか意識を保つことも精一杯の満身創痍《そうい》。

惨敗《ざんぱい》。この戦いを評するならこの一言に尽きる。だが──

「ティア……待ってろ、すぐに助けに……っぐぅ」

「おいおいおい⁉　どこへ行く気だ、ルクス！　まさかその身体でティアリスさんを助けに廃教会へ行こうっていうんじゃないだろうな⁉」

　歩き出そうと一歩踏み出しただけで身体中にひび割れるような激痛が奔《はし》り、口から喀血《かっけつ》しながら俺はその場で膝をつく。

　氷弾のダメージは見た目ほどではない。むしろ師匠との修行でこの程度の痛みには慣れている。だが問題は第五階梯《かいてい》魔術の冷気の方。この痛みは別格だ。骨の髄から痛みが押し寄せてくるみたいで息をするだけでも身体《からだ》が軋《きし》む。

「馬鹿野郎。二人が心配なのはわかるけどその状態であいつを追っても犬死にするだけだ。まずは救護室に行ってエマクロープ先生に治療してもらった方がいい」

「悔しいけどレオニダスの言う通りだ。ルクス、ティアリスさんを助けに行く前にまずキミは自分が重傷だってことを自覚しろ」

　そう言いながら近づいてきた二人はそれ以上何も言わず、俺のことを肩に担いでゆっくりと歩き出す。

「まさかキミに庇《かば》ってもらうことになるなんてね……悔しいけどルクスがいなかったら僕は今頃死んでいたよ。だから……その、ありがとう。助かった」

「おっ、これはあれか？　アーマイゼのデレ期か？　明日は雪でも降りそうだな！」

「デ、デレ期⁉　いきなり何を言い出すんだ、レオニダス！　僕は素直に感謝しただけじゃないか！」

両隣で二人がやいのやいのと話すのを聞きながら俺は思わず苦笑いを零す。

敵の魔術を食らって致命的な傷を負い、さらに恩人であるティアを攫われた。こんな体《てい》たらくを師匠に見られたらなんて言われるだろうか。情けないと怒鳴る？　それとも呆《あき》れる？　いや、そうじゃない。きっと師匠ならこう言うはずだ。

――いいか、ルクス。たとえどんなに無様な姿を晒《さら》したとしても最後には必ず勝て。己の不甲斐《ふがい》なさを後悔するのはそれからだ――

「……ありがとう。レオ、アーマイゼ」

――戦いはまだ終わっていない。

＊＊＊＊

謎のフードの人物の襲撃によって傷を負った俺はレオとアーマイゼに連れられて救護室に向かった。

「――そうか。ティアリス・ユレイナスが敵の手に落ちたか……」

だがエマクローフ先生の姿はなく、代わりにそこにいたのはアンブローズ学園長とロイド先生、そして意気消沈して悔しそうに顔を歪《ゆが》めているルビィだった。

俺からフードの人物の話、ルビィから東寮での顚末《てんまつ》をそれぞれ聞いたアンブローズ学園長は己の選択を悔いるように肩をすくめながら深いため息を吐《つ》き、ロイド先生は事の厄介さに顔を顰《しか》めた。ちなみにレオとアーマイゼはすでに西寮の警護に戻っておりこの場にはもういない。

「私が不甲斐ないばかりにティアが……申し訳ありませんでした」

己の未熟さに苛立《いらだ》ちを隠せないルビィがギリッと唇を噛《か》みながら言う。

先の戦闘で負傷し、意識を失ったルビィは学園から発せられた異常な魔力――おそらくハウンドウルフ達のことだろう――を感知したロイド先生によって助けられた。

「気に病むことはない。むしろキミはよく戦ったよ、ルビディア嬢。キミ達が奮闘したからこそ結界は無事で、避難してきた王都の民が皆無事なんだ」

気落ちして歯噛《はが》みをするルビィにアンブローズ学園長は最大限の賞賛を贈る。武闘派貴族のヴェニエーラ家の次期当主としてはその言葉を素直に受け取ることは難しいかもしれないが、この狂騒劇を引き起こした元凶を知ることが出来たのは僥倖《ぎょうこう》だ。

「学園長の言う通りだ、ルビディア。あの雷禍《らいか》の魔術師を相手に善戦したこと、そして王都の民を守ったことを誇るんだ。そしてその悔しさを糧《かて》に鍛錬に励め。いいね？」

「……次は負けませんわ。絶対に」

ロイド先生の励ましに小さな声で、しかし確固たる決意を込めて返してようやくルビィは顔を上げた。その瞳にはいつもの彼女らしい力強い炎が灯《とも》っている。

「よろしい！　ルビディア嬢の元気が戻ったところで情報を整理しようか」

パンパンッ、と弛緩《しかん》した場の空気を仕切り直すようにアンブローズ学園長が手を叩《たた》いた。俺達が揃《そろ》ってこくりと頷《うなず》いたのを確認してから学園長は改めて話し始めた。

「襲撃犯は二人。ティアリス嬢を攫《さら》ったのは〝雷禍の魔術師〟ことダベナント・キュクレイン。指名手配されている厄介な外道魔術師。そしてルクス君達の前に現れたのはフードを被《かぶ》った謎の人物。名前、性別不明。魔術属性は氷で第五階梯魔術と無詠唱まで修得している手練《てだ》れ。これでいいかな？」

アンブローズ学園長の言葉に俺とルビィは黙って頷く。ティアを攫った男はダベナントというのか。

「……まったく、雷禍の魔術師だけでも面倒だというのに……終焉《しゅうえん》教団は人材が豊富で羨ましい限りだ」

吐き捨てるようにロイド先生が言った言葉にアンブローズ学園長は苦笑いしながら首肯する。

「終焉教団……？　まさか彼らがハウンドウルフ・キングロードを召喚してティアを攫った犯人だというんですか？」

「そうだよ、ルクス君。王都に四体の変異型ハウンドウルフ・キングロードを召喚し、ティアリス嬢を攫った犯人は他でもない終焉教団だ。あとついでに言うとラスベート魔術師団所属の魔術師がダベナント・キュクレインに相次いで殺害されているのも、終焉教団が関わっているとみて間違いない」

「相変わらず口が軽いですね、アンブローズ学園長。その件については情報統制が敷かれているはずでは？」

そう言いながらロイド先生はこめかみを押さえてため息を吐き、アンブローズ学園長はどこ吹く風とばかりに話を続ける。

「ただ裏を返せばダベナント・キュクレインと終焉教団のフードの人物を捕らえれば、この馬鹿げた狂騒劇に幕を下ろせる可能性が高い。それじゃ話を最初に戻そうか。ティアリス嬢の救出に関してだけど――」

「俺が行きます。俺がティアを助けに行きます」

理由はわからないが終焉教団はティア解放の条件として俺が一人で来るようにと言っていた。こちらが約束を守ったところで彼女が無事に解放される保証はないが、それでも行くしかない。

「落ち着け、ルクス。キミは先の戦闘で深手を負ったのではなかったか？　その傷が癒えないようでは……」

「ロイド先生の言う通りですわ、ルクス。逸《はや》る気持ちも、ティアを心配する気持ちもわかりますが無理は禁物。助けに行ったあなたに万が一があっては元も子もありませんわ」

「そのことなら問題ないよ、ルビィ。やられた傷はもう完治している。もう後れは取らない」

俺の返事にロイド先生は驚愕《きょうがく》に目を見開き、ルビィは唖然とする。

無理もない。師匠曰《いわ》く、俺の自己治癒力は人の身を超えており、それこそ心臓を貫かれるか首を切り落とされるかしない限り死ぬことはないそうだ。もしそれが事実なら我ながら化け物としか言いようがない。

「傷が完治しているのは何よりだが、それでも一人で行かせることはできない。私も同行する。キミ一人では〝雷禍の魔術師〟には勝てない」

「あぁ……気合いを入れているところ申し訳ないがロイド先生、キミをティアリス嬢奪還に同行させるわけにはいかない」

「……何故《なぜ》ですか、学園長？　攫われたティアリス・ユレイナスは私の生徒だ。担任として彼女を助けに行く義務が私にはあると思いますが？」

ロイド先生は静かな声音の中に確かな怒気を籠めて抗議するが、アンブローズ学園長は逸る彼を諭すように話を続けた。

「ハウンドウルフ・キングロードの脅威は去ったとはいえ、終焉教団がまだ隠し玉を用意している可能性も捨てきれないからだ。キミは【アルシエルナイツ】にも匹敵しうる力を持つ貴重な魔術師。学園を含めた王都の守りの要と言っても過言ではない。そんな貴重な戦力を生徒一人のために割くわけにはいかないだろう？」

「ティアリス・ユレイナスを攫った者達を倒せばこの事態は解決すると言ったのは他でもない学園長では？」

「万が一に備えて戦力は残しておきたいんだ。わかってくれ、ロイド」

冷静な口調が故にアンブローズ学園長の言い方は冷酷無比なものに聞こえるが、その中に後悔や悲痛といった感情が混じっていた。

「ですが学園長。雷禍の魔術師と素性の知れない魔術師が待ち構えているところにルクス一人で行かせるのはいくら何でも無謀だと思いますわ？　せめて援軍を一人だけでも

「……！」

「重ねて申し訳ないがルビディア嬢、一人の命を救うために大勢の命を危険に晒すことは出来ないよ」

有無を言わせぬアンブローズ学園長の強い言葉と悲壮感漂う表情に、ルビィとロイド先生も口を噤《つぐ》むしかなくなる。

「よろしい。思いの外前置きが長くなったけどここからようやく本題に入れるね」

「……どういうことですか？」

「今から話すのは陛下を含めたごく一部しか知り得ない話でね。一度しか言わないからよく聞くように。あっ、念のために言っておくけど他言無用で頼むよ？」

一転していつになく真剣な面持ちになったアンブローズ学園長。その様子に俺は思わずゴクリと生唾《の》を呑み込みながら言葉を待つ。

「これから話すのは他でもない。ルクス、キミがヴァンベールから託された星剣についての話だ。そしてそれを手中に収めることこそ終焉教団の真の狙いだ」

「俺の剣が狙い？　確かにこれは師匠がいなくなる前に渡された物ですが、そこまで価値があるものなんですか？」

俺の持つ黒剣【アンドラステ】は師匠が借金を残して逃亡する直前、アストライア流戦技の技を全て修めたお祝いとして貰《もら》ったものだ。この剣は師匠曰く〝神様が星を砕いて鍛えた剣〟とのことだ。

「そうか……キミは知らされていなかったのか……キミがヴァンから託された剣は今からおよそ百年前に滅びたアストライア王国の王家に伝わる、最強にして災厄の龍を斬ることが出来る〝星剣〟なんだ。神様が鍛えた文字通り最高の一振りだよ」

「……この剣ってそんなに凄《すご》い物だったんですか？　その話はこの剣を渡された時に聞かされましたが、てっきり与太話だとばかり思っていました」

驚く俺にアンブローズ学園長は〝あいつの適当なところは相変わらずだな〟と苦笑いをしながら話を続けた。

「アストライア王国が滅びたことで【アンドラステ】は長らく行方が分からなくなっていたんだけど、今から五十年ほど前に先代のユレイナス家当主が見つけてね。それ以降【アンドラステ】はユレイナス家が家宝として所持していたんだ」

そう言われて俺は初めてティアと会った時に彼女が口にした言葉を思い出した。

――もし私が勝ったらあなたの持っているその剣――ユレイナス家の家宝を回収させていただきます――

「つまりこの剣の前の所有者はティアリス——ユレイナス家だったってことですか？」

「そういうこと。そしてそれをヴァンベール・ルーラーが大金をはたいてユレイナス家から買い取り、キミに託したというわけさ」

「ということは師匠が多額の借金をした理由というのはもしかして……」

「その剣をキミに託すため、ということになるね。とはいえユレイナス家としても家宝だからね。いくら金を積まれても譲る気はなかったみたいだけど、そこはティアリスに稽古をつけるということで手を打ったみたいだよ」

やれやれと肩をすくめるアンブローズ学園長。この剣の価値や師匠の借金の理由がわかったのはいいが、肝心の話は一向に進んでいない。

「ルクスの剣が特別なことはわかりましたわ。まさかティアを攫ってまで終焉教団が欲《ほっ》したのは——」

「さすがルビディア嬢、勘がいいね。終焉教団の本当の狙いはおそらくティアリス嬢の身柄と引き換えにその剣を手に入れること。なにせ神様が鍛えた剣だからね。どんな力が眠っているかは未知数だし、〝記憶解放〟なんてしたら何が起きるかわかったもんじゃない」

学園長曰く、魔槍《まそう》や聖剣、魔剣などと呼ばれている代物には特別な力が記憶として封じられており、それを呼び覚まして奇跡の御業《みわざ》をこの世に再現するのが〝記憶解放〟という技だそうだ。

「そんな神の時代の遺物の剣が彼らの手に渡ればろくでもないことになるのは間違いない。さて、ルクス。ここまで聞いてキミはどうする？」

「どうするも何もさっき言った通りですよ、学園長。俺は行きます」

試すように尋ねる学園長に俺は即答する。敵の目的が何であれ答えを変えるつもりはない。

「ルクス、キミの気持ちはわかる。だがそれは勇気ある行動ではない。ただの蛮勇、愚行だぞ？」

「ロイド先生の言う通りですわ。あなたが素直に要求を呑んで一人で行ってもティアが解放されるとは思いません。少しは冷静になってくださいまし」

ロイド先生の言っていることもルビィの助言もどちらも正しいと思う。敵が待ち構えている場所に一人で乗り込むのは無謀だし、こんな大事件を起こす連中の要求に従ったところで反故《ほご》にされるのは火を見るよりも明らかだ。

だが、それでも俺は行かなければならない。師匠がいなくなり独りぼっちで孤独だった俺を救い、温《ぬく》もりを教えてくれたティア。ルビィやレオ、アーマイゼ達と知り合うことが出来たのも彼女のおかげだ。なら今度は俺がこの命を懸けて彼女を助ける番だ。

「……アンブローズ学園長、前に聞きましたよね？　〝力を得た先にキミは何を求める？〟って。その答えがようやくわかりました」

「ほぉ……なら聞かせてもらおうか。キミの答えを」

「俺は師匠みたいに〝全ての命を救う〟なんて言えません。だけど人を守れる力があるのに何もせず、そのせいで今日会った人が明日道端で死んだのを見て〝俺なら助けることが出来た〟〝けど俺には関係ないことだ〟なんて言えません。そんな無責任な生き方は俺には出来ない」

一度だけ師匠に尋ねたことがある。

〝どうして命がけの修行をしてまで強くならないといけないのか〟と。

手の皮がボロボロになるまで剣を振り、魔力が枯渇《こかつ》して意識を失うまで魔術を使い、そこまでして強くなる理由はなんなのかと。

この問いに師匠はいつになく真剣で、しかしどこか寂しげな表情でこう答えた。

――それはな、ルクス。お前が後悔しないためだ。何も出来ず、目の前ですべてを失った俺みたいにならないように……せめて手の届く範囲にいる人でいい。お前はいつか出会う大切な人達を助けることが出来るようになってほしいからだよ――

アンブローズ学園長はなにも言わずただ静かに俺の言葉を待っている。俺は一度深呼吸してから力強く宣誓する。

「俺は俺の手の届く範囲の人を守りたい。そのために力を使います。生き様で後悔しないために！」

俺の言葉にアンブローズ学園長は嬉《うれ》しそうな笑みを浮かべて頷《うなず》き、ロイド先生も口元を緩めて瞑目《めいもく》している。

「なるほど……良《い》い答えだね、ルクス。それならキミの好きなようにやりなさい。私達はこれ以上何も言わないし止めたりはしない」

「……いいんですか？」

「もちろん。それにさっきも言ったように戦力に余裕がないのも事実でね。最強の魔術師だとか世界唯一の魔法使いだとか大それた肩書きを持っていながら実に情けない話だけど……ティアリス嬢のことはキミに任せる他ないんだ。頼んだよ、ルクス」

ポンと俺の肩に手を置きながら学園長は言い、ロイド先生やルビィも肩をすくめてはいるものの表情は納得している様子だった。

「ルクス、私はもう何も言わない。必ずティアリスと二人で帰って来るんだぞ」

「あなたの決意……しかと聞きましたわ、ルクス。ティアのこと、どうか頼みましたわよ」

「ありがとうございます、学園長。ロイド先生、ルビィ、必ずティアを助けて帰って来るので待っていてください」

アンブローズ学園長とロイド先生、ルビィに一礼をしてから俺が踵《きびす》を返《かえ》して救護室を出ると、西寮に戻ったはずのアーマイゼとレオが待ち構えるかのように立っていた。

「ティアリスを助けに行くのか、ルクス？」

「あぁ……ティアの解放の条件が俺一人で来ることだからな」

「待つんだ、ルクス。それなら僕も一緒に行く！　いくらキミでも、一人で行くのは死地に裸足《はだし》で突っ込むようなものだ！」

「そ、そうだぜ！　アーマイゼの言う通りだ。俺も一緒に行くぜ、ルクス！」

キミ一人でいい格好させるわけにはいかない！　と拳を握って息巻くアーマイゼに、レオもそうだ、そうだと頷く。だがそんな二人に俺は頭《かぶり》を振って、

「……悪いな。ありがたい申し出だけど一緒に来てもらうわけにはいかない。これは俺の

問題でもあるんだ。学園長の了承も貰っている」

「いくら敵の要求だとしても馬鹿正直に一人で行くことはないじゃないか！　それともキミは僕等じゃ力不足だっていうのか⁉」

「あぁ、そうだ。それにフードで顔を覆った得体の知れない奴《やつ》だけじゃない。雷禍《らいか》の魔術師って危険な魔術師もいるんだ。二人には危険すぎる」

「雷禍の魔術師だって⁉　そ、それならなおのこと一人では分が悪すぎる！　本当に死ぬぞ、ルクス！」

「大丈夫だよ、アーマイゼ。相手が誰であっても関係ない。さすがに師匠並みに強かったらちょっとやばいけど……もう負けないさ」

「冗談を言っている場合か！　今からでも遅くはない。学園長に相談しに――」

「無駄だ。ただでさえハウンドウルフ・キングロードが四体も出現してパニックになったんだ。それに終焉《しゅうえん》教団がまた何かしてこないとも限らない。ティアリス一人に戦力を割く余裕はない」

そういう状況を作り出すのが奴らの狙いだったんだと伝えると、アーマイゼはクソッと言葉を吐き捨て、レオは悔しそうに唇をきつく噛《か》みしめる。

「そういう訳だからアーマイゼ、レオ。学園の守りは任せたぞ」

「ルクス……」

「いいか、ルクス。絶対にティアリスさんと一緒に戻って来るんだぞ！　キミ一人でも、ティアリスさん一人でも許さないからな！」

そう叫ぶアーマイゼに、俺は口元に笑みを浮かべながらただ一言、こう返した。

「――行って来る」

＊＊＊＊

「本当によろしかったのですか、アンブローズ学園長？　終焉教団の要求が剣ではなくルクスの身柄そのものだと教えなくて？」

ルクスが去った後。アイズとロイドは救護室を離れて学園長室に来ていた。

ロイドはあの場でアイズがルクスに伝えなかった、終焉教団の本当の狙いについて彼女に尋ねていた。

「いいんだよ。それを伝えれば彼が背負っている運命についても話さねばならなくなる。だけどまだその時じゃない」

終焉教団が狙っているのはルクスの持つ星剣ではなくルクスの身体《からだ》の中に眠っている神

滅の力。おそらくティアリスもその事実を知っている。だからこそ彼女はルクスに普通の生活と幸せな日常を味わってもらうためにヴァンベールの頼みを聞いたのだろう。

「ルクスの身体に封印されている、世界を破滅に導く災厄の龍。その復活こそ終焉教団の悲願だからね。ヴァンが彼の下を離れた今が狙い時と判断したんだろうけど……フフッ、考えが甘い。大甘だね」

「…………」

不敵に笑うアイズとは対照的に、一抹の不安を未《いま》だに拭えていないロイドの表情は冴《さ》えない。そんな教え子にアイズはため息を吐《つ》きながら、

「まったく。私の教え子は心配性だなぁ……安心しなさい。ルクスは負けないから。その確信がないのに一人で行かせるわけないでしょうが」

呆《あき》れた笑いを零《こぼ》しながら言いつつ、アイズはさらにこう言葉を付け足した。

「なにせルクスの実力はかつて最強と謂《い》われた英雄、ヴァンベール・ルーラーよりも上なんだからね」

第8話　星剣に誓って

「こ、ここは……？」

「ようやくお目覚めか。気分はどうかな、眠り姫？」

意識を取り戻したティアリスに最初に声をかけてきたのは、口元に嘲笑するような下卑た笑みを浮かべた外道魔術師のダベナント・キュクレインだった。

「それはもちろん、過去一番に最悪の目覚めです。あなたの顔を見たらさらに気分が悪くなったので帰ってもいいですか？」

なにせ目の前にいる男は自分を倒した相手。身体に痛みはないが心に刻まれた敗北感が癒えることはない。ましてや手足を縛られて椅子に拘束されているので気分が良いはずがない。

「そいつは気の毒だが、嬢ちゃんを家に帰すわけにはいかねぇんだよ。なにせここからが本番だからな」

「……あなた達は何がしたいんですか？　何故《なぜ》ルクス君を狙うのですか？」

ティアリスは先の戦いで生じた疑問を改めて尋ねる。

「教団は災厄の龍を復活させることがお望みなんだとよ。そのためにはルクスって坊主《ぼうず》が必要みたいでな。知っているか？　あいつの身体にはその龍が封印されているんだってよ」

「災厄の龍……神話の時代に神が唯一倒せなかった存在、ですよね？　それがルクス君の中に封印されているというのですか⁉」

「なんだ、知らなかったのか？　お嬢ちゃんもヴァンベール・ルーラーから色々教えてもらっていたから、聞かされていると思ったんがな！」

こいつは愉快、痛快だな、と呵々《かか》大笑するダベナント。ティアリスは眦《まなじり》を吊《つ》り上《あ》げて殺気を込めて睨《にら》みつけるが一切意に介することなく話を続けた。

「あいつを殺せばその龍が復活するらしくてな。だからあいつを孤立させるためにわざわざ王都にハウンドウルフ・キングロードを召喚して軍の意識をそっちに集中させた上で嬢ちゃんを攫《さら》ったんだ。俺が言うのもなんだが、手間のかかることしたもんだぜ」

呆れたように笑いながら言って肩をすくめるダベナント。だがティアリスとしてはまったくもって笑えるような話ではなかった。

「フフッ。中々面白い話をしていますね。私も交ぜてもらってもいいですか？」

二人の前にフードを被《かぶ》った人物がゆらりと現れた。相変わらず顔は見えないが、間近で声を聞いて性別が女性であることにティアリスは気が付いた。そしてそれは自分がよく知っている人のものであることも。

「……本体が何しに出てきた？　あんたの出番はもう少し先のはずじゃなかったか？」

「ウフフッ。しょうがないじゃないですか。可愛《かわい》い年下の女の子を言葉責めにするダベナントさんが面白かったんですもの。それにティアリスさんの健気《けなげ》な想いに感動してしまったんです」

「よく言うぜ。感動しているわりに口元が愉悦に歪《ゆが》んでいるぞ？　言動と感情は一致させろや、ド阿呆《あほ》」

ダベナントが吐き捨てるように言うと、フードの人物はクックッと喉を鳴らして笑い声を漏らす。

「私はそんな酷《ひど》い女じゃありませんよ、ダベナントさん。化け物を飼っていても愛を教えようとするティアリスさんの健気な姿に私は心の底から感動しているのです」

「愛ねぇ……あんたの口からその言葉を聞くとはな。寒気がするぜ」

「あら、今日は一段と言葉にとげがありますね。私ほど愛に飢えている人がいたら教えてほしいくらいです」

フードの女性はわざとらしく、それでいてどこか色香のあるため息を吐《つ》いた。その様子を見てティアリスはこの人物の正体が誰なのか確信した。

「あんたが愛に飢えた獣って話はどうでもいい。そもそもの話、ルクスって坊主は本当に一人で来るのか？　死んだら世界が破滅するかもしれないのにあのアイズ・アンブローズが許可するとは俺には思えないんだが？　それになにより、その坊主はあんたがしこたま痛めつけたんだろう？　ならさすがに無理だと思うぜ？」

「そうです。この人と同意見なのは癪《しゃく》ですが、仮にルクス君が一人で行くと言っても学園長が許可するはずがありません！」

「ウフフッ。いいえ、間違っていますよ二人とも。まずその身に龍を宿しているルクス君なら多少の傷はすぐに完治します。そしてアンブローズ学園長は間違いなく許可を出します。なぜなら彼はかの〝龍傑の英雄〟ヴァンベール・ルーラーを遥《はる》かにしのぐ強さを有しているのですから」

その断言にダベナントは口笛を吹き、ティアリスは沈黙する。その様子に満足そうにフードの女性はくすりと笑みを零してから話を続けた。

「彼の周りにいるお友達は一緒に来たがると思いますが、さすがに足手まといになるので連れて来ないでしょう。それに王都のハウンドウルフ・キングロードを退けたとはいえ厳戒態勢は解かれていないところを見るに、一人の生徒の救出に戦力を回す余力はないでしょう。だからルクス君は一人で来るしかないということです」

「あなたの……終焉教団の目的は何なのですか？　ルクス君を殺して、【ティアマト】を復活させて何がしたいんですか？　まさか本気で世界を消滅させたいのですか？」

そう尋ねるティアリスの声には悲壮感が滲《にじ》んでいた。歴史を探求してきた人がなぜその積み重ねを自ら破壊しようとするのか。その理由が知りたかった。

「それはね、ティアリスさん。神様のいないこのくだらない世界を終わらせて、新しい世界を創造するためよ。そして――」

しかしその言葉は最後まで言い切られることはなかった。なぜなら――

「ようやく主役の登場か。待ちわびたぜ」

ダベナントが獰猛《どうもう》な笑みを浮かべながら視線を向けた先に立っていたのは、見慣れた学園の制服に身を包んだ一人の少年。その手には澄んだ夜空のように美しい純黒の長剣が握られていた。

「ティアは返してもらうぞ、終焉教団」

ルクスの静かな声が廃《すた》れた教会に響き渡った。

＊＊＊＊

ルクスがたどり着いた王都の外れにある廃教会。

かつてそこは、人のいい神父夫妻が身寄りのない子供達を引き取って暮らしていた愛と優しさに溢《あふ》れる場所。今やその面影はなく、終焉《しゅうえん》教団の拠点になっているのだから皮肉な話だ。

「ルクス君、どうして一人で来ちゃったんですか⁉」

開口一番、ティアリスが悲鳴にも似た声で叫んだ。見たところ外傷はなさそうだし、手足こそ椅子に縛られているが元気そうな様子にルクスはほっと胸をなでおろす。

「よく一人で来たなぁ、坊主。言いつけを守れて偉いぞ。特別に褒めてやろう」

「あんたに褒められても嬉《うれ》しくないな。そんなことよりさっさとティアを解放しろ。俺が来た以上、彼女の役目はもう終わったはずだろう？」

「ウフフッ。残念ながらそれは無理な相談ですよ、ルクス君。彼女にはこれから起こる戦いのすべてを見届けてもらわねばなりませんから」

フードの女性がティアリスの肩に手を置きながら横に立ち、ダベナントが肩に槍《やり》を担《かつ》いでルクスの前に立ち塞がる。

「アンブローズ学園長から私達の目的をなんて聞かされているかわからないので改めて言いますね。ルクス君、世界のために死んでください」

アンブローズ学園長から聞いていた話と若干違うことに驚きつつ、しかしルクスにとってそれは些細《ささい》なことだった。星剣が狙いだろうが命が狙いだろうが彼のやることに大差はない。

「抵抗しなければ痛みもなく楽に殺してやるんだが……当然だが抵抗するよな？」

「もちろん。あんた達を倒してティアを取り戻す。そのために俺はここにいる」

「よく言った、坊主！　そうこなくっちゃ面白くねぇし面倒な依頼を引き受けた意味もねぇ！　さぁ、星剣とやらを構えな。お前がヴァンベール・ルーラーより強いかどうか査定してやるよ」

愉悦に口元を歪めながら、ダベナントは槍を両手でしっかり握り腰を落とした半身の姿勢で構える。対するルクスも斜に構えて両手で握った剣を下段に置く。

緊張と静寂が廃れた教会に流れる。この瞬間だけはティアリスもフードの女性も固唾《かたず》を呑《の》んで状況を見つめている。

崩れかけた屋根から月明かりが差しこみ、口元に獰猛な笑みを浮かべるダベナントとルクスの視線が交わる。そして月が再び雲に隠れた時、二人は同時に動いた。

互いに裂帛《れっぱく》の気合いを吐き出しながら刃を振るう。剣と槍の鍔迫《つばぜ》り合《あ》いは魔術師同士の戦いというよりも武人の死合だ。

だがそこに込めている魔力の量は最初から全開。激突する熱量も膨大。鋼と鋼が激突して火花が散り、そのたびに廃教会を吹き飛ばすほどの破壊的な奔流が吹き荒れる。

踏み込む足が地面を大きく穿《うが》つ。空振った一閃《いっせん》の空圧が朽ちた椅子を割り、壁に深い傷跡を刻む。

同じ師から戦技を学んだティアリスにも、二人が繰り広げている超速の剣戟《けんげき》を追いかけきれない。故に彼女に出来ることは、ただ激突と相克を繰り返す二人の演奏を祈るように見つめることだけ。

「ウフフッ。幾多の魔術師を葬《ほうむ》ってきたダベナント卿《きょう》の槍技と真っ向から打ち合うなんて……やはりルクス君は素晴らしいですね」

うっとりとした表情を浮かべながら蠱惑《こわく》的な声でフードの女は呟《つぶや》いた。いい加減この人の真意を問いたださなければならない。

「新しい世界を創って、そこであなたは何がしたいのですか……エマクローフ先生！」

男達の剣戟が奏《かな》でる狂騒曲の中、ティアリスは意を決して追及する。

ルビディアから聞いた王都で起きた連続魔術師殺害事件。そしてハウンドウルフ・キングロードの変異種の召喚。

それらの事件に関与していた終焉教団。その実行犯はラスベート王立魔術学園で『魔術歴史科』を担当するエマクローフ・ウルグストンだった。

ヒントがなかったわけじゃない。ただ確信したのは——。ここに連れて来られる前の戦いで受けた氷の魔術と、意識を刈り取られたダベナントの魔術があったから。

控えめに言っても重傷だったはずなのに目が覚めた時にそれらの傷は完全に癒えていた。そんなことが可能な治癒魔術の使い手は王国広しといえどそうはいない。何より身体《からだ》に残存する温かい優しい魔力が何よりの証拠だった。

それだけではない。ダベナントとティアリスが会話をしている時に現れた時点でエマクローフはフードの認識阻害の魔術を解いていたのだ。

「へぇ……まさか気付いていたとは驚きました。参考までにいつ気付いたか教えてもらってもいいですか?」

「先生は模擬戦の後でルクス君に治癒魔術を使いましたよね? 医務室から戻ってきたルクス君から感じた魔力と同じものを身体に感じました」

「あぁ、なるほど。模擬戦の後にちょっとだけ癒《いや》してあげたんですが失敗でしたね。でも、

そこまでわかった上で〝どうして学園を裏切ったのですか？〟と聞かない辺りはさすがですね、ティアリスさん」

フードを外しながらエマクローフは、まるで問題に正解した出来の良《い》い生徒を褒めるような明るい声で言った。

「裏切った理由なんてあなたの目的を聞けばわかることです。教えてください、先生。あなたの望みは何ですか？」

「あらあら、せっかちさんは嫌われちゃうわよ？　その質問に答えるのはあの戦いが終わってからでも遅くはないでしょう」

微笑しながらエマクローフは狭い教会を飛び出して戦いを続けているルクスとダベナントに視線を向けた。

「やるじゃねぇか、坊主《ぼうず》！　まさかここまでやるとは想像以上だ！」

ダベナントは軽口を叩《たた》きながら槍を振るっているが内心では驚愕《きょうがく》していた。エマクローフが言っていた〝ヴァンベールより強い〟という言葉を身をもって実感しているのもあるが、これほどの力があって一度は依頼主に敗れたとは。そうは思えないほど動きが洗練されている。

「色々あって目が覚めたんでね。今なら神様が相手でも負ける気がしない！」

高速で鋼鉄が激突し、静寂な廃墟《はいきょ》に響き渡る狂騒曲。

戦闘開始からわずか数分。二人の打ち合いはすでに二十を超えている。

間合いという点においては当然ながらダベナントに分がある。そしてこのリーチの差を活《い》かして相手を近づけさせず、手数と魔術を以《もっ》て一方的に制圧する。

それがダベナント本来の戦い方だ。

だが今のルクス相手ではそれが通用しなかった。

魔槍は確実にルクスの身体を刻んではいる。だが肝心の一手が決めきれない。それは槍という間合いを広く持つ武器の特性上、一刺突ごとに槍を戻すという作業によって生じるわずかな穴。その小さな隙間にルクスは間合いを詰めて剣を通してくる。

それ故に一瞬たりとも気を抜けず、魔術を使う余裕もなく、むしろ油断すれば瞬《また》く間《ま》に剣戟の波に呑《の》み込まれかねない。

死に直結する嵐の中で藻掻《もが》いているような気分になるが、この肌がひりつく感覚こそダベナントが渇望《かつぼう》していた戦いでもあった。

「お前は最高だぜ、ルクス・ルーラー！　ヴァンベールの野郎に仕込まれていただけのことはあるな！」

軽口を飛ばすダベナントにルクスは言葉を返すことなく剣を振る。

一刺し一刺しが必殺の攻撃を余さず撃ち落とし、薙《な》ぎは最小限のバックステップで躱《かわ》しつつすぐさま踏み込み縦一閃。

もう何度も繰り返してきた攻防だがルクスの剣もダベナントに一度も届いていない。彼もまた間合いまでのあと一歩が中々詰められずにいた。

〝これ程の力があって何故《なぜ》……！〟

熾烈《しれつ》な剣と槍が打ち鳴らす鋼の音は鳴り止《や》むことなく、しかし戦いは膠着《こうちゃく》状態へと移行する。

けれどこの状況を打ち破る術《すべ》を二人は持っている。あとはいつそれを放つのか。そのタイミングを見定めるだけ。

「――ハァアアッ！」

裂帛の気合いと共にルクスが最上段から剣を振り下ろす。それをダベナントは槍で受け止めるのではなくあえて大きく後退して距離を取った。

真紅の魔槍が妖しく輝く。

――何かが来る！

瞬間、ルクスの脳裏に不吉な死がよぎる。この間合いは危険と判断してすぐさま追撃の突進を仕掛けるが、それよりも早くダベナントは魔術を完成させる。

「雷鳴よ、槍となり奔《はし》れ。驟雨《しゅうう》の如《ごと》く《トニトルス・スピアレイン》！」

行く手を阻《はば》むように空から紫電の矢雨が降り注ぐ。しかしルクスはその中を減速するどころかさらに力強く地面を蹴って直進し、剣を握る両手に力を込めて下段から振り上げた。

「アストライア流戦技《天津之旋風《エウロス》》！」

純黒の刃から生まれた豪風が雷雲を吹き飛ばす。先に発動していた魔術を後出しの戦技で相殺《そうさい》するという力業にダベナントは一瞬だが呆気《あっけ》にとられる。

魔術師同士の戦いは如何《いか》に相手より先に魔術を発動させることが出来るかが勝敗を分ける。魔術戦において基本的には後出しじゃんけんは通用しない。

しかし戦技はその不可能を可能にする。

かつて神々が振るったとされる技の名を口にすることで、その名に刻まれた記憶を呼び起こして魔術に匹敵する奇跡を引き起こす技術。それが戦技である。

戦技にはアストライア流やヴェニエーラ流などの流派があり、それらに共通して言えるのはその取得には魔術とは異なる才能が必要ということ。さらに剣技などの体術も同時に修得しなければいけないので使い手はそう多くはないが、魔術と同時に極めた者は最強格に名を連ねることが出来る。

「ヴァンベールの野郎と同じだなぁ！　俺の魔術をあっさりと消し飛ばしやがった！」

魔術をかき消されたにも拘《かか》わらず、ダベナントは愉悦交じりの声を上げる。彼はかつてこれと同じことをされて敗北し、情けなく逃走した経験があった。

故にダベナントはこうなることを見越して次の一手を——自分が持ちうる魔術の中でも最高の切り札を切っていた。

「雷帝よ、激甚《げきじん》の怒りを以《もっ》て我の前に立ちはだかる敵を悉《ことごと》く討ち倒せ《ブロンテス》！」

それはティアリスを打倒した、ダベナントが使える中で最も火力の高い必殺の魔術。

槍《やり》の鋒《きっさき》より放たれる雷閃《らいせん》の速度は見てからかわすことは不可能。発動すれば命中が約束された勝利の一撃。間違いなく殺《や》った。ダベナントは確信するが——

「アストライア流戦技《瞬散》」

雷閃がルクスに直撃するが血しぶきが舞うことなく、それどころか彼の身体は霞《かすみ》のように霧散する。刹那の間に姿を見失い、ダベナントが驚愕に目を見開く。

アストライア流戦技《瞬散》。体内の魔力を下半身に集中させることで超速移動を可能とし、時に加速と減速による緩急をつけることで相手を幻惑する歩行術。

「アストライア流戦技《天雷之乱花《ステラベロース》》」

一瞬後。背後から聞こえてきたルクスの声。ダベナントは振り返ることはぜず、回避することに専念して全力で前方へとローリングする。一瞬前まで彼が立っていた空間に雷を纏《まと》った純黒の斬撃が幾つも奔る。

「ハァ、ハァ、ハァ……まったく。とんでもない坊主だな、チクショウ」

肩で息をしながら悪態を吐《つ》くダベナント。対するルクスは涼しげな顔で剣を構えているが内心では決めきれなかった自身の未熟さに舌打ちをし、同時にある疑念を抱く。

「やれやれ……いとも簡単に俺のとっておきの一撃をかわしやがって……学園であの女《め》狐《ぎつね》とやった時は本気じゃなかったってか？　まったく。本当に可愛《かわい》くないガキだな、お前」

「あんたの動き、アストライア流戦技と戦うのは初めてじゃないな？　まさかと思うが師匠と戦ったことがあるのか？」

「ん？　あぁ、その通りだ。俺は一度だけヴァンベール・ルーラーと戦ったことがある。まぁそん時はあっけなく負けたけどな」

やっぱりそうだったかとルクスは得心する。初見なら魔術を相殺すればわずかでも隙が出来るはずなのに、その後の対応はそうなることがわかっているかのようだった。

「女狐がヴァンベールより強いと言っていたが誇張じゃなかったな。相手にとって不足はねぇ。ここから先は全力で行かせてもらうぜ！」

シュンと風を切りながら槍を構え直すダベナント。身体から立ち昇る魔力は彼の言葉が嘘《うそ》ではないことを物語るように増幅している。ルクスは一つ深呼吸をしてから剣を正眼《せいがん》に構えて全神経を研ぎ澄ます。

「ダベナントさん、お楽しみのところ申し訳ありませんがそろそろ決着をつけていただけますか？」

一瞬先に死が待つ緊張感漂う二人の空間に、エマクローフが空気を読まずに水を差してきた。ルクスはフードを被《かぶ》った終焉《しゅうえん》教団の人間がエマクローフであることにここで初めて気が付いてわずかに動揺する。

「外野は口を出すんじゃねぇ。引っ込んでろ！」

ダベナントは不満を隠すことなく殺気を籠めて一喝する。

「私も心行くまでダベナントさんに楽しんでいただきたいのですが、これ以上何も起きないと判断したのでしょう。もたもたしていたら世界唯一の魔法使いがやってきます。そうなれば私達の死は必然。なので奥の手でも奥義《おうぎ》でも何でも使って早急にルクス君を倒してください」

教壇に立って授業をしている時と同じ明るい口調でエマクローフは指示を出した。ルクスとの戦いを心行くまで楽しみたいところではあるが、全ては命あっての物種。世界唯一の魔法使い、アイズ・アンブローズに来られたらダベナントといえど赤子同然だ。

「やれやれ。せっかくのお楽しみだっていうのに世の中は本当に儘《まま》ならねぇな。まぁそういうわけだから坊主。始まったばかりで悪いがそろそろ終《しま》いといこうか」

「その前に一つ。エマクローフ先生、どうしてですか？」

ルクスの短い問いかけにエマクローフはただ微笑《ほほえ》むばかりで答える様子はない。ルクスは瞑目《めいもく》しながらもう一度息を吐いてから、まずは目の前の男を倒すことに全力を注ぐことにした。

「ルクス君……！」

今にも泣きそうな顔をしながら不安な声でティアリスに名前を呼ばれる。そんな彼女にルクスは笑みを浮かべて答える。

「大丈夫だよ、ティア。俺は負けないから。だからもう少しだけ待っていてくれ」

叶《かな》うなら初めて会った日の夜に彼女が自分にしてくれたように、頭を優しく撫《な》でて不安を取り除いてあげたい。よく頑張ったなと抱きしめてあげたい。

「おいおい、勘弁してくれ。戦いの最中にイチャつくとはいい度胸だな。その続きは俺を倒してからにしてもらえるか？　見ているだけで胸やけがしそうだ」

「そうだな……それならさっさとあんたを倒さないとな」

「ル、ルクス君⁉　いきなり何を言っているんですか⁉　というか続きって何ですか⁉」

「あらあら。ティアリスさんったら随分とルクス君に想《おも》われているのね。嫉妬しちゃうわ」

「エマクローフ先生まで何を⁉　もう！　ルクス君のバカ！」

顔を真っ赤にしながらティアリスが叫び、張りつめていた空気がにわかに緩む。しかしそれは束《つか》の間のこと。ルクスとダベナントが再び向かい合った時、これまでが児戯に思えるほど重く昏《くら》い緊張感が廃墟《はいきょ》を包み込んだ。

「これから使う技は魔槍の記憶を解放する、文字通り必殺の一撃だ。正真正銘、全力でお前の心臓を射殺しに行く」

半身の姿勢で腰を落として構えるダベナント。真紅の魔槍が轟々《ごうごう》と音を立てて燃えるように輝く。

彼の持つ魔槍の銘は【ガー・アイフェ】。それに秘められている記憶を解放することで放たれるのは対象の心臓を確実に射貫《いぬ》く必中必殺の一刺し。

「………」

対するルクスは身体《からだ》に溜《た》まった熱を静かに吐き出しながら左足を前に出し、剣を頭の横に立てる八相の構え。柄を握る両腕に力を籠め、全ての魔力を剣へとくべる。

ヴァンベールから譲り受けた星剣【アンドラステ】。

アイズは最強災厄の龍さえも斬ることが出来る、終焉教団が欲《ほっ》する剣だと言っていたが、ルクスにとってそれはどうでもいいことだった。彼にとってこの剣は唯一の家族であり親であり、師であった男がその身を犠牲にして与えてくれた唯一の贈り物。

故に。ルクスはこの星剣に勝利と大切な人を守ることを誓う。

「いくぞ、雷禍《らいか》の魔術師。この一閃《いっせん》を以てお前を……斃《たお》す！」

「よくぞ言った、ルクス・ルーラー！　ならば俺も全霊を以て迎え撃とう！」

廃墟に流れるわずかな静寂。雲に隠れた黄金の月が顔を覗《のぞ》かせた時、二人の戦いが終わりを迎える。

「記憶解放――〝心穿つ絶死の槍《ガー・アイフェ》〟‼」

先手を取って発動したのはダベナント必殺の刺突。絶死の魔槍が心臓目掛けて一直線に飛んでくるのを他人事《ひとごと》のように眺めながらルクスはわずかに腰を落とす。

光が集う。月が、星が、星剣に首《こうべ》を垂れるかのように己の輝きを差し出し、それがさらなる輝きを呼び起こし、千の祈りとなって遍《あまね》く束ね上げていく。

この剣に刻まれている記憶の一つは希望。絶望が闊《かっ》歩《ぽ》した夜より昏き神滅の時代を斬り払い世界を照らした創星の輝き。

其《そ》の名を――

「記憶解放――〝神と共に歩む創星の夢《ファブラギルガメス》〟‼」

星が奔《はし》り、光が吼《ほ》える。

解き放たれた龍滅の波動は渦巻き迸《ほとばし》る黄金の奔流となり、夜の闇もろともに真紅の死《し》閃《せん》を呑《の》み込んでいく。


――忌々《いまいま》しい。よもやその輝きを再び見る日が来ようとはな――


必中必殺の魔槍の真紅の輝きは閃光《せんこう》によってかき消され、ダベナントは太陽の如《ごと》き灼《しゃく》熱《ねつ》の衝撃に晒《さら》されながら、しかし己が身を包む破滅をもたらす白く眩《まばゆ》い極光に心を奪われた。

「これが星剣の力か……なるほど、確かにこいつは特別だ」

そして。全てを焼き尽くす殲滅《せんめつ》の輝きが収まり世界に再び静謐《せいひつ》が訪れた時。戦場に立っていたのは星剣を振り下ろした状態で佇《たたず》むルクスのみ。

「すごい……」

「フフフッ。素晴らしい。あなたの力は本当に素晴らしいわ、ルクス君」

戦いの結末にティアリスは唖然《あぜん》とし、エマクローフは恍惚《こうこつ》とした笑みを浮かべている。

その姿は長年探し続けた想い人をようやく見つけたかのようだった。

「それにしてもダベナントさんはよく働いてくれましたね。計画は失敗に終わったけれど、ラスベート魔術師団の戦力も大方把握出来たし、龍の器《うつわ》の人となりも知ることが出来たから良しとしましょう」

エマクローフはダベナントへ欠片《かけら》ほども思っていない惜別の言葉を贈りながらティアリスの拘束を解くと、先ほどから鋭い視線を飛ばして来るルクスの方へ顔を向ける。

「あなたの目的は何ですか、エマクローフ先生？」

そう問うルクスの声には純粋な疑問の外に困惑の感情が含まれていた。そんな彼に対してエマクローフは嫣然《えんぜん》とした表情で答える。

「私の望みはね、ルクス君。灰色の世界を創り変えることよ。なにせこの世界は神が作ったただの箱庭。夢も希望も何もない、全ては天上に住む神様が気まぐれで描き起こした絵本のようなものだもの」

「……先生、あなたは何を言って――？」

「ウフフッ。ルクス君もいずれ知る時が来る。その時にどういう選択をするのか楽しみにしていわ」

そう言ってエマクローフがパチンと指を鳴らすと彼女の背後の空間がグニャリと歪《ゆが》む。躊躇《ためら》うことなくその中へと入り、嫣然とした笑みを浮かべながら〝バイバイ、ルクス君〟と言い残して彼女の姿はかき消えた。

「転移魔術を使ったのか……追うのはさすがに無理か」

ルクスは呟《つぶや》きながらその場に片膝をつく。血を流しすぎた。加えて初めて使った――何故《なぜ》使えたかはわからないが――星剣の記憶解放で魔力のほとんどを消費した。

悔しいがこれでは追いかけたくても追いかけられないし、正直いつまで意識を保っていられるかもわからない。

「大丈夫ですか、ルクス君⁉」

ティアリスが慌ててルクスの下へと駆け寄って、初めて彼の足元に赤い水たまりが出来ていることに気が付いた。

「大丈夫だよ、ティア。このくらいの傷はなんともない」

そう言って笑う彼の額には脂汗が滲《にじ》んでいる。ティアリスはエマクローフのように治癒魔術を使えない自分の無力さを呪い、心配をかけまいとするルクスの優しさに心が軋《きし》む。

「助けに来てくれてありがとうございます、ルクス君。それと……ごめんなさい。私のせいでこんなことになってしまって……」

ティアリスの宝石のように綺麗《きれい》な瞳から大粒の涙がポタポタと静かに零《こぼ》れ落《お》ちてルクスの頰を濡《ぬ》らす。

「ティアが謝ることじゃない。悪いのはこんなことをしでかした終焉教団だ。だからもう泣くな」

普段の凛《りん》とした姿とはまるで別人のように肩を落として泣きじゃくるティアリスの頰に、そっと手を伸ばして触れて涙を拭い、優しく頭を撫でる。

「それに……ティアがピンチになったら何度でも俺が駆けつけるよ。絶対にな」

「こ、こんなことは何度もありません！　というよりルクス君、今のはどういう意味ですか？」

「どういう意味も何も……俺にとってティアは――」

だがその言葉は最後まで紡《つむ》がれることはなく、限界を迎えたルクスの意識は暗転して力なくティアリスにもたれかかった。

「ル、ルクス君!?　大丈夫ですか!?　死んじゃダメです!!　私だって伝えてないことがあるんです！　だから目を開けてください！　ルクス君――!!」

エピローグ

終焉《しゅうえん》教団が引き起こしたハウンドウルフ・キングロード召喚によるテロ事件は、ラスベート魔術師団とラスベート王立魔術学園の教師、並びに生徒達の活躍によって阻止され、王都の平和は無事に守れた。

しかしその裏で起きていた拉致事件と終焉教団の真の目的について知る者はほとんどいない。

またラスベート王立魔術学園で教壇に立っていたエマクローフ・ウルグストンが終焉教団の人間で一連の事件を引き起こした黒幕だったことについても徹底的な情報統制が敷かれ、学園内でこの事実を知る者は一部の関係者と当事者の生徒達しかいない。

だがそれらの事実が完全に闇に葬《ほうむ》られたわけではない。王都に出現した魔物は亡《な》きアストライア王家の怨念が呼び寄せただとか、百年前に世界に反旗を翻《ひるがえ》した最強最悪の魔術師が蘇《よみがえ》っただとか様々な噂《うわさ》や憶測が飛び交っている。しかし人は飽きる生き物なのでひと月が経《た》った頃には話題に上らなくなり、平穏な日常が戻って来た。

ちなみに事件の当事者の一人である俺はダベナント・キュクレインとの戦闘で重傷を負ってしばらく入院をする羽目になったが、相変わらずの馬鹿げた自己治癒力とアンブローズ学園長が直々に治癒魔術を施してくれたおかげで暇を持て余すことになった。

退院する直前、見舞いに来てくれた学園長と少しだけ話をした。

「いやぁ――絶体絶命の状況で星剣の記憶を解放するとはさすが私の孫弟子！　将来がますます楽しみだよ！」

「ありがとうございます。と言っても自分でもどうして使えたのかわかりませんけどね」

「記憶解放の使用条件は武器に認められないといけないんだ。数ある神代武装の中でもその剣はとびきりのわがままっ子だけど、ルクス君が使えたということは少なからず星剣はキミのことを主《あるじ》として認めている証拠だよ」

「わがままっ子って……」

子供じゃあるまいし、と俺は内心で呆《あき》れるが、

「だって持ち主の最低条件は〝火〟〝水〟〝風〟〝土〟〝雷〟〝氷〟〝聖〟〝闇〟の全属性に適性がないとダメっていうんだよ？　これをわがままと言わずなんて言うの？」

「ちょっと待ってください、学園長。今しれっととんでもないこと言いませんでしたか？　全属性に適性がないとダメ？　それってつまり――」

「あれ、言ってなかった？　ルクス君の魔術適性はこの世界で唯一の全八属性だよ。いやぁ、まさに前代未聞《ぜんだいみもん》だね」

そう言って呵々《かか》大笑するアンブローズ学園長。この人は俺を驚かせるために、知っていたのにあえて教えなかったに違いない。そしてそれは師匠も同じだろう。まったく、似た者師弟にも程がある。

「そういうわけだから、キミが星剣に誓ったことを守り続ける限りこの先もきっと力を貸してくれるはずだよ」

ポンと肩を叩《たた》いてアンブローズ学園長は静かに病室を後にした。ホント、嵐みたいな人だな。俺はため息を吐《つ》いてから窓際《まどぎわ》に立てかけた星剣に視線を向ける。

「剣に認められるか……お前は俺を認めてくれているのか、【アンドラステ】？」

わかっていたことだが話しかけても当然反応はない。それでも構わず俺はもう一度声をかける。

「何にせよ、これからもよろしくな、相棒」

こちらこそ、と言うようにキラッと輝いたような気がした。

それから数日が経った、ある晴れた週末の昼下がり。

俺はティアと一緒に久しぶりに王都の街を散策していた。ちなみにルビィとレオの二人はいない。

最初はみんなも誘おうかと思ったのだが、ティアに〝たまには二人きりでお出かけしませんか？〟と甘えるような上目遣いで言われて今に至る。

「不思議だな。つい最近王国が滅亡するかもしれない状況になったのがまるで嘘《うそ》みたいだ」

「平和なのはいいことですよ。それにあんな事件が何度も起きたら命が幾つあっても足りませんよ」

そう言って苦笑いを零すティア。確かに王都に危険な魔物が何度も現れたらこの国は終わりだ。一夜にして滅んだアストライア王国のように。

「さぁ、暗い話はこれくらいにして！　今日は何をして遊びましょうか？」

「いや、それはこっちの台詞《せりふ》なんだけど……そもそも誘ってきたのはティアじゃないか。何かやりたいことがあるんじゃないか？　今日は一日付き合うよ」

「えっ、いいんですか⁉　それなら買いに行きたいものがあるんですけどいいですか！答えは聞きません！」

俺の返事に食い気味に反応したティアが突然俺の手を取って勢いよく走り出す。せめてどこに行くのか教えてほしいところだが、こうして流れに身を任せるのも悪くはない。

——強くなれ、ルクス。この世界で生きるため、そして大切な人を守るため、誰よりも強くなるんだ——

「うん……俺、ここで強くなるよ、父さん」

すべてを救おうとした父さんのようには出来ないけれど、この剣と魔術でティアやルビィを、この目に留まる大切な人達を守れるように強くなる。

「？　ルクス君、何か言いましたか？」

振り向き、キョトンとした顔で尋ねてくるティアの頭をポンポンと撫《な》でながら俺は優しく微笑《ほほえ》んで、

「別に、何も言ってないよ。ただ……ありがとう、ティア。師匠から頼まれたとはいえ、ラスベート王立魔術学園に入学させてくれて。これからがすごく楽しみだよ」

「フフッ。ルクス君に喜んでもらえて何よりです。これから一緒に頑張りましょうね！」

ギュッと俺の腕に抱き着きながら喜色満面の笑みを浮かべる。その可憐《かれん》な笑顔に心臓が

ドクンと跳ね、腕に感じるたわわな果実の柔らかさに体温が急上昇する。そんな俺の変化に目ざとく気付いたティアが小悪魔的な表情を作って、

「ねぇ、ルクス君。実は気になっていたことがあるんですけど聞いてもいいですか？」

ずいっと顔を近づけながら尋ねてきた。

ちなみに今日のティアは見慣れた制服姿ではなくこの前買った白の花柄ワンピースを着ている。そのせいでいつも以上に魅力が増しているのであまり距離を縮めないでほしい。俺は自分の頰が熱くなっているのを自覚して顔を逸《そ》らす。

「き、聞きたいこと？　俺に答えられる範囲でなら答えるけど……何？」

「私を助けに来てくれた時、ルクス君は〝ティアがピンチになったら何度でも俺が駆けつけるよ。絶対にな〟と言ったのを覚えていますか？」

「あぁ……お、覚えているよ。それがどうかした？」

「ならその後、ルクス君は意識を失う直前に〝俺にとってティアは――――〟と言いかけたことも覚えていますよね？」

確かに朦朧《もうろう》とする意識の中でそんなことを言った記憶がある。なんて言おうとしたのかもはっきりと覚えている。

「ねぇ、ルクス君。あなたにとって私はどんな存在なんですか？」

「あぁ……それは、その……」

切ない声で言いながら潤んだ瞳を向けないでほしい。答えたくても恥ずかしさを覚えて答え難《にく》くなる。

「さぁ、ルクス君。覚えているなら早く教えてください！」

腕への密着を強めながらティアが圧をかけてくる。ついでに上目遣いで見つめてくるのもやめてほしい。

「わかった、わかりました。観念して答えるよ。俺はキミのことが――」

「あら、そこにいるのはルクスとティアじゃありませんか」

最後まで言い切る前に背後から声をかけられて、ティアは肩をびくっと震わせて慌てて俺から距離を取った。それから振り返ると私服姿のルビィが笑顔で立っていた。

まさか遭遇するなんて思わなかったが俺としてはおかげで助かった。ただその代わりティアは頬をぷくぅっと膨らませて不機嫌になってしまったが。

「……どうしてルビィがここにいるんですか？」

私は怒っていますと隠す気ゼロの底冷えするような声で尋ねるティアにルビィは困惑しながら、

「どうしても何も、偶然に決まっていますでしょう？　それよりあなた達こそ街の往来で何をしているのですか？　公然わいせつでしょっ引かれますわよ？」

「わ、わいせつ⁉　ちょっとルビィ！　私とルクスは別にいかがわしいことはまだ何もしていませんよ⁉」

「……聞きましたか、ルクス？　この子ったら〝まだ〟と言いましたわ。悪いことは言いません、今すぐその色情魔から離れた方がいいですわ。そして私と一緒に優雅なティータイムを過ごしましょう」

そう言って優雅に微笑みながら手を差し出すルビィ。こうした煽《あお》り合いではルビィに軍配が上がる上に魅力的な提案に心が揺れるが、そうはさせまいとティアが防波堤のように俺とルビィの間に割り込む。

「残念ですが、これからルクス君は私と二人で買い物に行くんです！　ですからルビィは一人寂しくお茶でもして寮へ帰ってください！」

「あらあら、共に強敵に挑んだ戦友に対して酷《ひど》い言い草ですわね。こうして会ったのですから三人でお買い物しましょうよ。ねぇ、ルクスもそう思いませんこと？」

「……俺に振らないでくれ」

「ルクス君からも言ってあげてください！　私と二人の方がいいですよね⁉」

「勘弁してくれ……」

姦《かしま》しく騒ぐ美少女二人を尻目に、俺はため息を吐《つ》きながら雲一つない澄み切った蒼天《そうてん》の空を見上げて、なんと答えたものか考えるのであった。

あとがき

初めまして、あるいはお久しぶりです、雨音恵です。

この度は本作「師匠に借金を押し付けられた俺、美人令嬢たちと魔術学園で無双します。」を手に取っていただきありがとうございます。

無事、新作をお届けすることが出来てほっと一安心しています。

あとがきから先に読む派という稀有《けう》な読者はいないと思いますが、ここではチラシの裏的なお話をしようと思います。

実は（でもないですが）この作品から担当さんが替わりました。

前任のSさんはお風呂《ふろ》シーンを1シリーズで五回も書かせてくれた心の広い方で涙の別れでしたが、新担当のNさんも負けず劣らずの方でした。

初稿の確認を兼ねた初顔合わせの際に言われたことをご紹介いたします。

新担N「初稿読みましたが物足りないところがあるんです！」

雨音「ど、どこがでしょう……？」
新担N「どうしてお風呂シーンがないんですか⁉　雨音先生と言えばお風呂じゃないですか！」
雨音&元担S「「な、なるほど……（苦笑い）」」

そういうわけで今作品にもお風呂シーンがあります！　当然カラーの口絵です！　夕薙先生の描く美麗かつ可愛《かわい》いイラストを堪能《たんのう》してください！

続いては素敵かつ魅力的なイラストについてのお話を。

今作品を担当してくださった夕薙先生です！　カッコよさと可愛さ、そして美麗さと全てが揃《そろ》ったイラストの数々……担当さんと確認するたびに二人してテンションが上がっていました（笑）。

ルクスは優しさの中に強さがあり、ティアリスやルビディアも可愛いだけじゃない芯の強さがあって魅力にあふれています。もちろんこの二人以外のキャラクターもみんな魅力的です！　ぜひ購入してルクスやティアをお持ち帰りしてください。

ここからは謝辞を。

前担当Sさん。前作「両親の借金を肩代わりしてもらう条件は日本一可愛い女子高生と一緒に暮らすことでした。」では本当にお世話になりました。お風呂シーンをたくさん書かせてくれてありがとうございました。

新担当Nさん。まさか初顔合わせで「お風呂シーン書け！」と言われるとは思ってもいませんでした。「細かいところが気になってしまうのが私の悪い癖」と杉●右京さんみたいなことを言っていましたが、修正するたびによりよくなっていくのが実感できました。これからもどうぞよろしくお願いいたします。取り急ぎ、お風呂シーンのシチュエーションを相談させてください。

イラストレーターの夕薙先生。ご多忙の中、お引き受けいただき感謝の言葉しかありません。またキャラデザの細かい修正に根気よく付き合っていただき、時にはご提案までしてくださり本当にありがとうございました。この作品が真の意味で完成に至れたのは夕薙先生のおかげです。

読者の皆様。今私がこうして物語を紡《つむ》ぐことが出来ているのはひとえに皆様の応援と支えがあるからです。

今作が初めてという方、前作から引き続いて手を取ってくださっている方、どちらも変わらぬ深い感謝を。ルクス、ティアリスの物語の行く末を見守っていただけたら幸いです。

そして本書の出版に関わって頂いた多くの皆様にも感謝を。そして改めてこの本を買ってくださった読者の皆様、本当にありがとうございます！

恒例ではありますが最後にお願いがあります。

購入報告、本編を読み終わった感想をＳＮＳにアップしたり、レビューを投稿してみたり、出版社宛に手紙を送ってみたり、ぜひ応援を形にして欲しいです。そうなるとどうなるか？　主に作品と作者の力となり、二巻をお届けすることが出来るかもしれません。

夕薙先生が描くティアアリスやルビディア、もしくは学園長の水着姿とか見たくないですか⁉　私は見たいです（コラ）。ですからどうか皆様の力を私に貸してください（土下座）！　そして私に締め切りのある生活をください（やめろ）！

さて、久しぶりのあとがきでどうなることかと思っていましたが何だかんだページ数も迫ってきたのでこの辺りで締めようと思います。

それでは、二巻でまた皆様とお会い出来ますように。

雨音　恵

お便りはこちらまで

〒一〇二－八一七七
ファンタジア文庫編集部気付
雨音恵（様）宛
夕薙（様）宛

富士見ファンタジア文庫

師匠《ししょう》に借金《しゃっきん》を押《お》し付《つ》けられた俺《おれ》、美人令嬢《びじんれいじょう》たちと魔術学園《まじゅつがくえん》で無双《むそう》します。

令和４年12月20日　初版発行

著者――雨音《あまね》　恵《めぐみ》

発行者――山下直久

発　行――株式会社KADOKAWA
〒102-8177
東京都千代田区富士見2-13-3
0570-002-301（ナビダイヤル）

印刷所――株式会社暁印刷

製本所――本間製本株式会社

※定価はカバーに表示してあります。
●お問い合わせ
https://www.kadokawa.co.jp/（「お問い合わせ」へお進みください）
※内容によっては、お答えできない場合があります。
※サポートは日本国内のみとさせていただきます。
※Japanese text only

ISBN978-4-04-074768-2 C0193 ◇◇◇

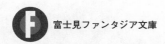

雨音恵
ILLUST
kakao
「一葉《ひとつば》さん、早く着替えないと遅刻するよ？」

「勇也《ゆうや》君が着替えさせてくれます？」

「はい!?何言ってるの!?」

「ぬーがーしーてー」

「わかった……ハミガキ終わったら脱ごうか」

「え!? え、いや、やっぱり…その…」

「ほら早く！」

「……勇也君!?」

#同棲 #一緒にハミガキ #カップル通り越して夫婦 #糖度300%

I'm gonna live with you not because my parents left me their debt but because I like you

天上優夜《てんじょうゆうや》
異世界で
レベルアップした結果、
最強の身体能力を
手に入れた少年
この少年すべてが
シリーズ好評発売中！

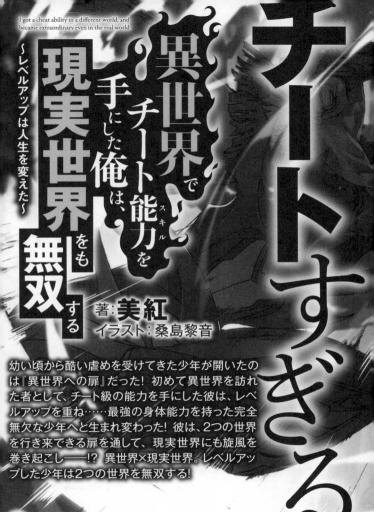

これは世界を救う
久遠崎彩禍。三〇〇時間に一度、滅亡の危機を迎える世界を救い続けてきた最強の魔女。そして——玖珂無色に身体と力を引き継ぎ、死んでしまった初恋の少女。
無色は彩禍として誰にもバレないよう学園に通うことになるのだが……油断すると男性に戻ってしまうため、女性からのキスが必要不可欠で!?
シン世代ボーイ・ミーツ・ガール!
王様のプロポーズ
1
King Propose
橘公司
Koushi Tachibana
[イラスト]——つなこ

最強の初恋
シリーズ
好評発売中!
ファンタジア文庫

切り拓け！キミだけの王道
ファンタジア大賞
原稿募集中！
賞金
《大賞》300万円
《金賞》50万円
《銀賞》30万円
選考委員
細音啓 「キミと僕の最後の戦場、あるいは世界が始まる聖戦」
橘公司 「デート・ア・ライブ」
羊太郎 「ロクでなし魔術講師と禁忌教典《アカシックレコード》」
ファンタジア文庫編集長
前期締切 8月末日
後期締切 2月末日